新潟県人物小伝

會津八一

新潟市會津八一記念館
喜嶋 奈津代

新潟日報メディアネット

■表紙写真
表紙一
・晩年の會津八一（昭和二十八年）
・會津八一《おほてらの》
表紙二
・笑顔の會津八一（昭和二十八年）
表紙三
・北方文化博物館新潟分館前で植木鉢を愛でる（昭和三十年ごろ）
表紙四（左から）
・會津八一《自画像図・傲岸不遜》（昭和二十一年）
・會津八一《秋艸堂》（昭和二十二、三年）

■写真資料　提供者・協力者（敬称略）
・今成正子
・春日大社萬葉植物園
・株式会社考古堂書店
・株式会社壺中居
・合資会社ホトトギス社
・上越市教育委員会
・丹呉秀博
・永田禮三
・南都屋
・新潟県立図書館
・新潟県立有恒高等高校
・新潟市立万代長嶺小学校
・新潟日報社
・新潟八千代ライオンズクラブ
・八栗寺
・早稲田大学會津八一記念博物館
・お名前の記載を控えた方々

目次

はじめに

會津八一《あいづやいち》（一八八一〜一九五六）は新潟市古町に生まれ、早稲田大学文学部教授として東洋美術史を担当し、美術史学研究の基礎を築き上げた。一方では、奈良の地に憧れて、古代の仏像や風物の美しさを歌に詠み、さらにそれを自ら書で表した総合的な芸術家でもある。いわば、近現代における「最後の文人」とも評される多才な人物だった。

一人の人間が、一つの事を成し遂げるだけでも容易なことではないのに、八一は多方面にわたり活躍し、各分野で高く評価された。では、八一は生まれながらにして才能に恵まれた順風満帆な人生を送ったのであろうか？

彼の七十五年の生涯を振り返ってみると、実は逆境の連続だった。幼少のころ、家業で多忙な母親の愛情に飢えていたこと、利き腕でない右手で毛筆の手本通りに書くのが苦手で、血の涙を流すほど苦痛だったこと、中学生の時、病気でスポーツの世界から身を引いたこと、中学教頭時代、教頭排斥運動に遭遇し、長期休養して辞職したこと、東京空襲で多くの美術品や書物を失ったこと、疎開先で唯一の家族である養女を亡くしたことなど…。いくつもの試練が八一を襲う。

だが、八一は困難にめげなかった。心の拠り所となったのが、学問と芸術だった。これらの世界に心を奪われた八一は、美に感動し、その想いを歌や俳句に、そして書で表現した。また、なぜ美しいのかと対象物と対峙《たいじ》し、本質を探り思考を巡らす。芸術家としての熱き心と学者としての冷静な眼。これら二つの面が渾然一体となって形成されたのが、学芸の人・會津八一である。

一方で、八一は決して聖人君子ではなかった。大学時代には初恋の人に失恋し、連日、自棄《やけ》酒《ざけ》をあおったことがある。また、長年、八一の世話をしていた病弱な養女と口論し、長文の手紙で養女を愚痴ったこともある。だが、養女を亡くした時には、八一は慟哭するほど感情豊かな人柄でもあった。

本書は、八一の人生を幼少期から振り返り、当時の資料やエピソードを交えながら、七十五年の生涯を紹介していく。

この本を手にした方は、ぜひとも、八一が困難な状況に陥った時、どのように人生を切り拓いたのかを想像しながら、一読していただければ幸いである。

（図1）八一の父政次郎と母イク

【幼少期】

會津屋のおんちゃま

明治十四年（一八八一）八月一日、會津八一《あいづやいち》は新潟市古町通五番町十四番戸（現新潟市中央区古町通五番町）に、父・會津政次郎と母イクの次男として生まれた。「八一」という名は誕生日にちなむ。青年時代は自ら、「八朔郎《はっさくろう》」「八朔」（「朔」は一日《ついたち》の意味）、中年ごろから「秋艸道人《しゅうそうどうじん》」（艸＝草、秋の草花を愛し、また学問や芸術を探究する人）と号した。また「渾齋《こんさい》」（中国の老子『道徳経』より。老子は学徳を修めた者の様子を「渾然として濁水《にごりみず》のよう」と表した）とも称した。

父政次郎（図1）は北越の豪農・市島家の分家、葛塚市島家の市島助次郎の三男として生を受けた。市島家本家は丹波（現兵庫県）に発し、慶長三年（一五九八）に、越後新発田藩主溝口秀勝に随伴して現在の新発田市近辺に移住した。薬種問屋を営む傍ら、回船業

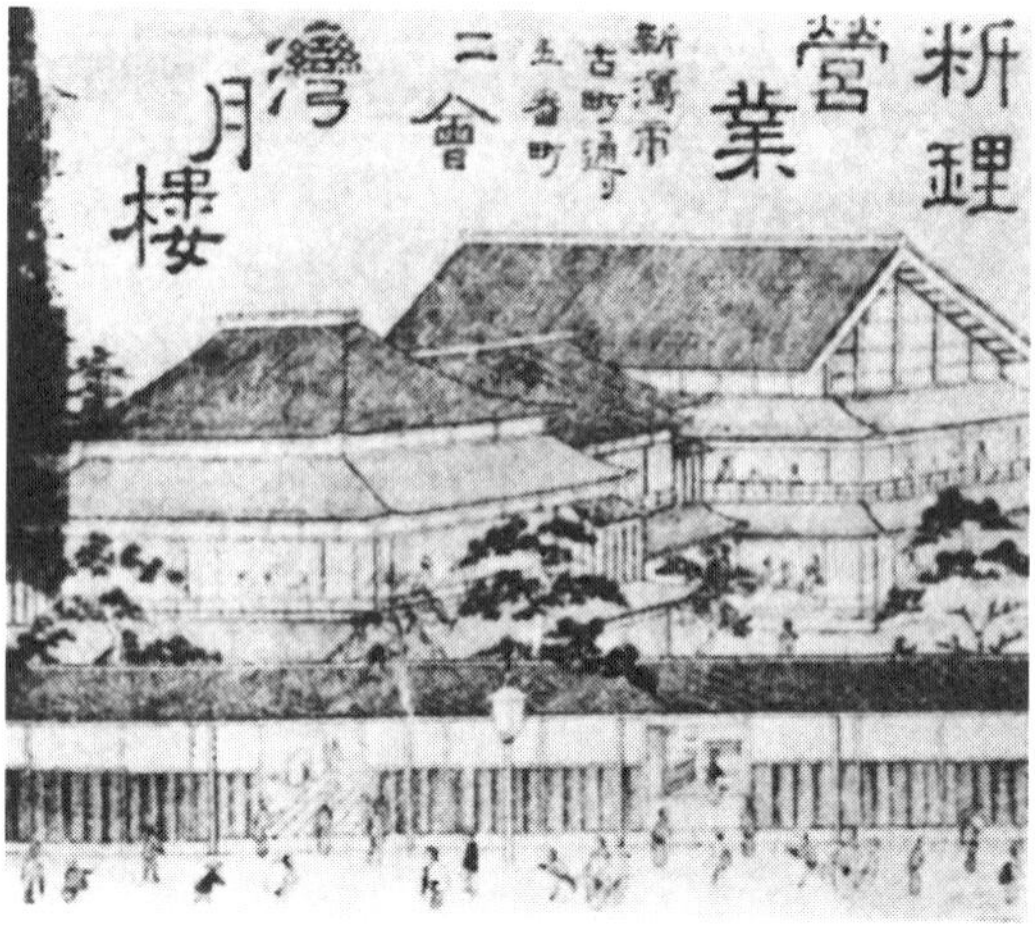

（図2）灣月樓外観図（「北越商工便覧」）

（註1）
「二會」とは、會津屋が創業した時の所在地、古町二の丁にちなみ「二の會津」を略した屋号と思われる。

や酒造、金融で富を蓄え、福島潟の干拓による新田開発で北陸でも屈指の大地主となった。

政次郎は母りうを早くに亡くし、母親の姉の嫁ぎ先・新潟県北蒲原郡中条町（現胎内市）の大地主丹呉家で養育された。その後、新潟市古町の會津家の養子となり、長女イクと結婚する。

母イク（図1）の生家は、遊郭兼料亭「會津屋」（明治時代に別名「灣月樓《わんげつろう》」とも称した）で、文化二年（一八〇五）に創業、かつては新潟花街を代表する老舗料亭として歴史に名を残した。明治政府高官で書家巖谷《いわや》一六《いちろく》は、會津屋を訪れた際、中秋の名月が新潟の港湾に浮かんでいるのが見え、その風景が北越の絶景だと称賛し、「灣月樓」と揮毫したという。

會津屋は、明治二十一年（一八八八）、新潟大火で全焼したが、料理店として再出発する。會津屋の外観図が「料理營業新潟市古町通り五番町二會灣月樓」（図2、註1）として北越商工便覧に掲載されている。明治三十年代の會津屋は、敷地四三〇坪（約一五〇〇㎡）、部屋数二十四、庭園も見事で素晴らしく、表は古町通に面し、

（図3）八一生誕地の歌碑

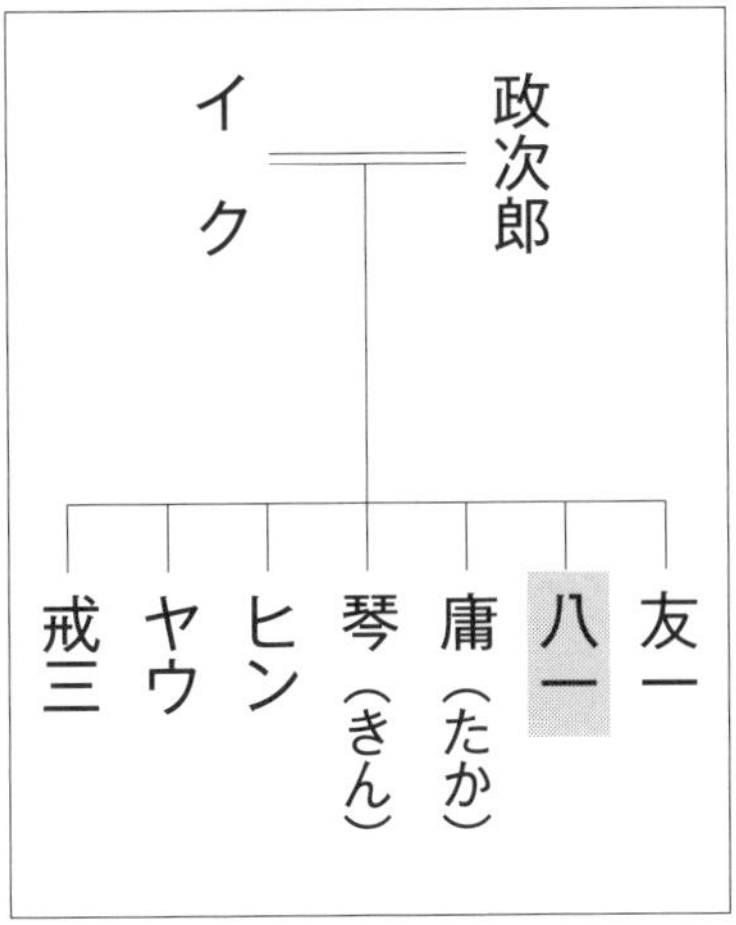

（図4）會津家家系図

奥行きは三十五間で、裏口は西堀通（寺町）に達している。ところが、明治四十一年（一九〇八）、ふたたび大火で被災し、一〇三年続いた會津屋の歴史は幕を閉じた。

現在、八一の生家跡には歌碑「ふるさとの　はまのしろすな　わかきひを　ともにふみけむ　ともをしぞおもふ」（図3）が建っており、會津屋灣月樓をしのぶ唯一のよすがとなっている。

八一のきょうだいは、長男友一、妹庸《たか》、琴《きん》、ヒン、ヤウ、弟戒三の七人（図4）。また、叔父友次郎の家族と同居しており、使用人を加えると五十人近くの大所帯だった。八一は、商売で忙しくしている母親に甘えることが少なかったようだ。乳母のきよと過ごした日々を晩年に追想して詠んだ歌「なきぬれて　うばといねたる　ものおきの　こまどのゆきに　いでしつきかも」がある。わがままな兄の振る舞いに対し、八一は子供心に憤慨し、喧嘩したあげく両親に叱られ、ひとり暗い物置小屋に入れられてしまう。両親に謝りなさいと叱られても、八一は謝らなかった。きよが八一を心配して小屋を訪ねると、「あんにゃま（兄さま）が悪いんだわい、おんちゃま（弟＝自分）は悪くない」と泣いてわめいていたという。八一の反骨心が早くも表れているエピソードだ。

【小・中学生時代】

―書き方の時間が恐ろしい―涙の授業

明治二十年（一八八七）、八一は新潟市の尋常科新潟小学校（旧大畑小学校）に入学する。入学した翌日のことを、後年の講演（昭和二十二年新潟史談会講演「書道について」）で次のように述べている。

「私は小学校へはじめて行きました時から書き方の時間といふもの程恐ろしいものはなかつたのであります。入学した翌日、私の父は学校までついて来てくれたのですけれども、私が泣いて困つてゐるのを不憫《ふびん》がつて、廊下から教場へ顔を出して非常に心配をしておつたものであります。（中略）私は左利きなのです。今でも左手でも字が書ける程度であります。それを右の手に筆を持たされて字を書かされるために書けなかったといふこともありませう。しかしそれよりももつと大きなことは、私にはあの習字の手本に書いてあるものをその通り書くことの出来ない種類の人間であつたらしいのです」。

八一は元来左利きのため、右手で文字を書くことが苦手だった。しかも手本の通りに文字を書くことができなかったから、苦痛と感じたに違いない。八一は、小学校入学の翌日から、早くも人生の壁にぶつかるのであった。

明治二十四年（一八九一）、八一は新潟市立高等小学校（現新潟市立新潟小学校）へ進んだ。八一の成績は決して優秀ではなく、ようやく真ん中に届くか届かないかという程度であった。後年、八一は高等小学校を卒業する当時の思い出を語っている。それによると、「私の同級生は総理大臣になりたいとか、陸軍大臣けん海軍大臣になるとか、そういふことをはなはだしく書いて出した人が多かつた。私は今でもわすれないが、小学校を出たら百姓になる、ただ

（図5）新潟県尋常中学校時代の八一

の百姓で一生くらしたい」と。小学生時代の八一は、成績も振るわず、さしたる望みもない屈折した子供時代を過ごした。

明治二十八年（一八九五）、八一は新潟県尋常中学校（現県立新潟高校）に入学する（図5）。新潟市會津八一記念館には、当時の成績表の写しが所蔵されている。それによると、習字の点数は一年時六十一点、二年時六十二点、三年時七十一点とやはり芳しくなかった。

前述の講演によると、習字教師の高橋翠村がたびたび八一のそばに来て頭をなでて「お前はほかの科目はよくできるけれども、習字を見ると私は涙が出てかなはん」といって嘆いた。高橋は、八一の文字が下手な原因は利き腕でない右手で書いたからだということを知らなかったのだろう。

また、八一は高橋から課題として出された江戸時代の勤皇派の書家、長三洲の「出師表《すいしのひょう》」を手本にして書いたものの、やはりその通りに書くことができず、「血涙を絞った」とまで述べている。手本の通り書けない八一のような生徒は、当時の習字教育に馴染めな

（図6）叔父友次郎

かったようだ。

文芸に目覚める

中学時代の八一は、習字が苦手で成績が振るわなかったものの、一方では、文学的な才能が芽生える。それは八一と同居していた叔父友次郎（図6）が、和漢洋の学問に通じており、早くに甥八一の表現豊かな文章力を認めて、目をかけていたからである。中学一年の時、八一は『自由新報』（註2）に投書して、弓術（弓道）に関して論戦したり、中学三年生の時には、上級生のクラス雑誌『芝《し》蘭《らん》』に寄稿したりして、自らの存在を周囲に認められるようになる。この当時から八一は自分の意見を論じることを得意としていた。

また、端艇《たんてい》部（現在のボート部）に所属していた八一は、中学三年生の時に脚気《かっけ》を患い、三カ月間腰が立たなかった。翌年九月、「端艇部脱會願」（図7）を端艇部長に提出する。退部の理由は、脚気

（註2）
『自由新報』は明治二十四年十一月に創刊した越佐同盟会の自由派の機関紙。

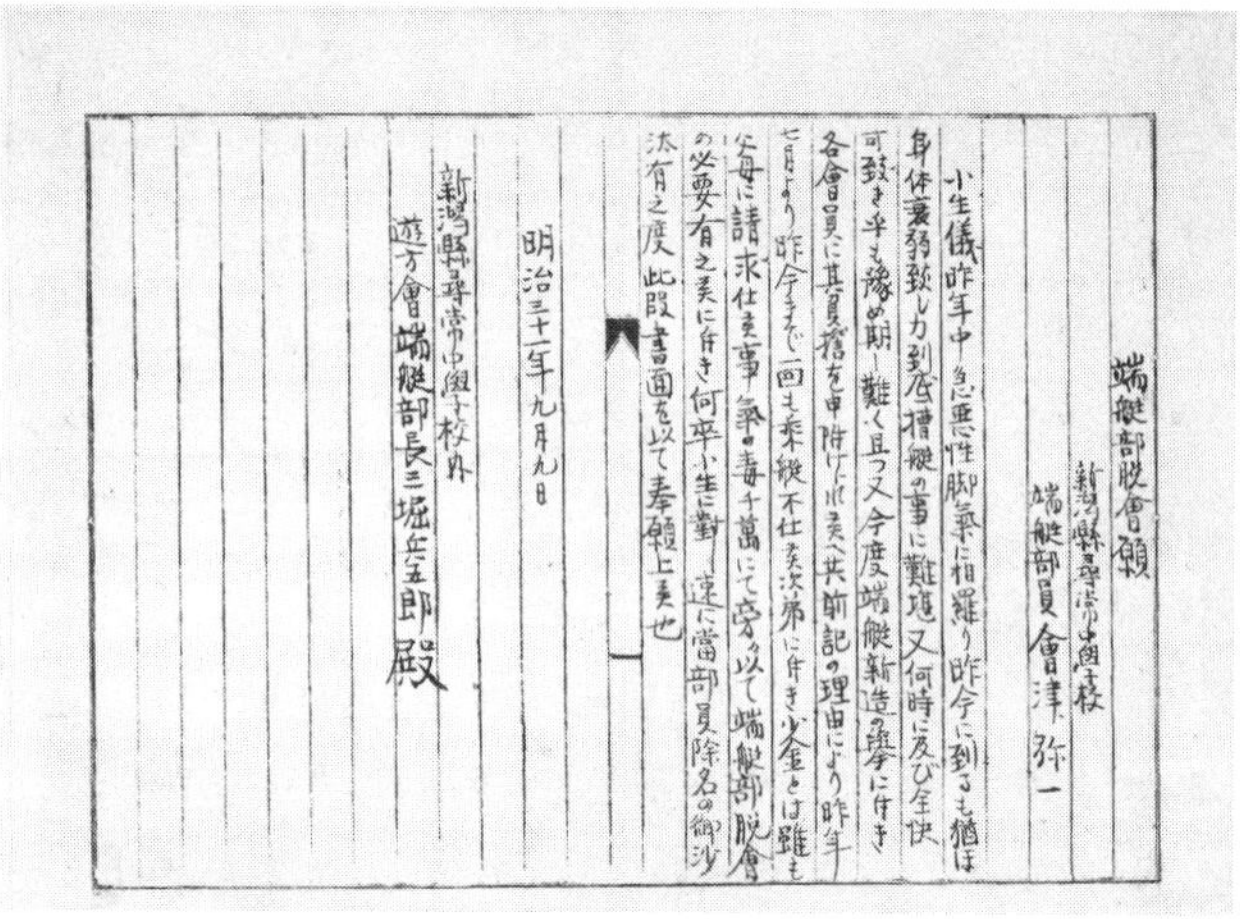
端艇部脱會願
新潟縣尋常中學校
端艇部員 會津弥一
小生儀昨年中急悪性脚氣に相罹り昨今に到るも猶ほ身体衰弱致し力到底體艇の事に難堪又何時に及び全快可致き乎も豫め期し難く且つ又今度端艇新造の擧に付き各會員に其負擔を申附けられ候へ共前記の理由により昨年七月より昨今まで一回も乘艇不仕候次第に付き小金とは雖も父母に請求仕候事氣の毒千萬にて旁々以て端艇部脱會の必要有之候に付き何卒小生に對し速に當部員除名の御沙汰有之度此段書面を以て奉願上候也
明治三十一年九月九日
新潟縣尋常中學校内
校友會端艇部長三堀岳五郎殿

（図7）「端艇部脱會願」（新潟市會津八一記念館蔵）

のため体が衰弱しているうえ、さらに部員が新たな端艇（ボート）を造る費用を負担するとなると、両親に請求するのは忍びないからだという。特に「小金とは雖《いえど》も父母に請求候事《そうろうこと》気の毒千萬にて旁々《かたがた》以て端艇部脱會の必要有之候《これありそうろう》に付き」という文章表現は、十七歳とは思えないほど大人びている。これも、叔父友次郎の影響によるものであろう。

中学五年生になると、国語の教科書にある記紀万葉の歌に感銘を受け、『万葉集略解』（加藤千蔭著）や『万葉集古義』など、万葉集に関する文献を読んで勉強する。その結果、八一は、にわか作りの万葉学者となって、毎週教室で国語教師に向かって質問戦の先鋒を務めることを得意とした。さらには、記紀万葉の古歌を学ぶにつれて、子供時代から慣れ親しんでいた良寛禅師（一七五八～一八三一）の歌の響きに共感するようになる。

だが、当時の八一は短歌より俳句に心を寄せていた。前年に端艇部を退部し、スポーツの世界から身を引くことになったために、俳句を始めたのである。八一は、俳人正岡子規（一八六七～一九〇二）

の文章が掲載された俳誌『ほと、ぎす』や新聞『日本』を愛読しながら句作に熱中していたという。

明治三十二年（一八九九）五月十八日付の『東北日報』に、初めて「八朔郎」の号で俳句「前驅《ぜんく》見ゆ蓋《けだ》し關白《かんぱく》の賀茂詣で」が掲載される（図8）。さらに、同年七月二十九日から明治三十五年一月二十七日まで「蛙面房俳話《あめんぼうはいわ》」を『東北日報』に五十九回連載する。この論考は、江戸時代の俳人松尾芭蕉から明治の正岡子規にいたる古今の俳人の句を取り上げて論評を述べたもので、引用古文献が九十冊を超えている。十代の少年が執筆したとは思えないほど、成熟した俳論ともいえる。青年期の八一がいかに博学であったかを知ることができる。

こうして中学時代から俳句に没入した八一は、文学的才能を早くも発揮するようになる。

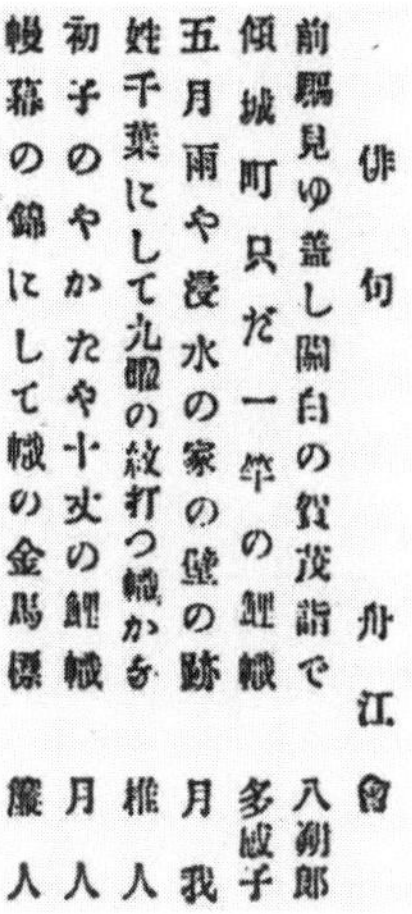
俳句　舟江會
前驅見ゆ蓋し關白の賀茂詣で　八朔郎
傾城町只だ一竿の鯉幟　多威子
五月雨や浸水の家の壁の跡　月我
姓千葉にして九曜の紋打つ幟かな　椎人
初子のやかたや十丈の鯉幟　月人
幔幕の錦にして幟の金馬標　朧人

（図8）『東北日報』一行目
明治三十二年五月十八日付

（図９）坪内逍遙
出典：国立国会図書館「近代日本人の肖像」
（https://www.ndl.go.jp/portrait/）

―その態度と雄弁に感動―文学者との出会い

明治三十二年（一八九九）、中学五年生の八一は、その年の夏に新潟を訪れた小説家尾崎紅葉（一八六七／六八～一九〇三）と英文学者の坪内逍遙（一八五九～一九三五・図９）と出会うこととなる。七月、紅葉は新潟佐渡に来遊していた。その間、紅葉は『東北日報』に載った八一の俳論を読んで面会したいと申し出たという。八一は紅葉を訪ね、佐渡の旅の印象や良寛の歌などを話題とした。後に八一は、紅葉から俳号「銕杵《てつしょ》」を贈られる。鉄製の杵《きね》という意味で、根気よく一つの事に励むたとえである。唐時代の詩人李白が少年時代、学業を諦めて故郷へ帰ろうとしたその道中、老婆が鉄の杵を磨いて針を作ろうと汗しているのを見て感じ入り、引き返して再び学問に励んだという故事に基づく。紅葉は若い俳人八一を激励する意味で俳号「銕杵」を贈ったのだろう。

翌八月には、八一にとって人生の師となる英文学者の坪内逍遙との

（図10）明治三十三年ごろ
新潟中学の卒業生とともに
三列目右端が八一

大きな出会いが待っていた。逍遥は新潟の改良座で、勤務する東京専門学校（後の早稲田大学）への寄附金集めを兼ねた巡回講演を行なったのである。その講演を聴いた当時十八歳の八一は、深い感銘を受ける。七十歳ごろに記した「自筆年譜」（『會津八一全集』第十一巻に所収）には、逍遥との出会いについて「文學者と名のつくものをまのあたり見たるはこれを始めとす。（その態度と雄弁とに感動す）」とある。五十年以上前のことでありながら、八一には初めて聞く逍遥の文学理論を聴いた時の印象が晩年になっても強く残っていたのだろう。

国民英学会に入学

【上京と帰郷】

八一は明治三十三年（一九〇〇）三月、新潟中学を卒業すると（図10）、翌月上京し、兄友一と神田神保町に下宿する。

「自筆年譜」には、「四月東京に出づ　六月根岸に正岡子規を訪ふ。牛込に尾崎紅葉を訪ふ（不在）七月新潟に帰る」と記している。八一が上京した理由は、文学者正岡子規や尾崎紅葉と会うためだったのだろうか。

郷土史家で医学博士の蒲原宏氏によると、新潟中学同窓会が刊行した雑誌『遊方会雑誌』（明治三十三年十二月号）の、「第七回卒業生諸君」には八一の名があり、「国民英学会に進学」と記載されていたという。

国民英学会は、明治二十一年（一八八八）にアメリカ人のフレデリック・ウォーリントン・イーストレイクと英語教育者磯辺弥一郎が現在の東京・千代田区神田錦町に創設した私立外国語学校である。単なる洋学校ではなく、旧制中学校から旧制専門学校レベルの教育機関だった。

ちなみに八一の中学五年次の英語の成績は、英語一類八十四点、英語二類八十七点、英語三類八十二点と高得点を残している。蒲原氏は「八一は英語の実力が優秀なのでさらに力を付けようと国民英学会に入学したに違いない」と指摘している。また、蒲原氏は八一が「自筆年譜」に国民英学会に進学したことを記載しなかったのは、「国民英学会は予備校的性格もあったので、プライドの高い先生としては触れたくない過去だったのかもしれない」とも述べている。

先述したように、八一は十八歳の時、英文学者坪内逍遙の講演を聴いて深い感銘を受けている。もしかすると、この出会いがきっかけで、逍遙と同じ英文学の研究を志そうと、国民英学会に進学したのかもしれない。

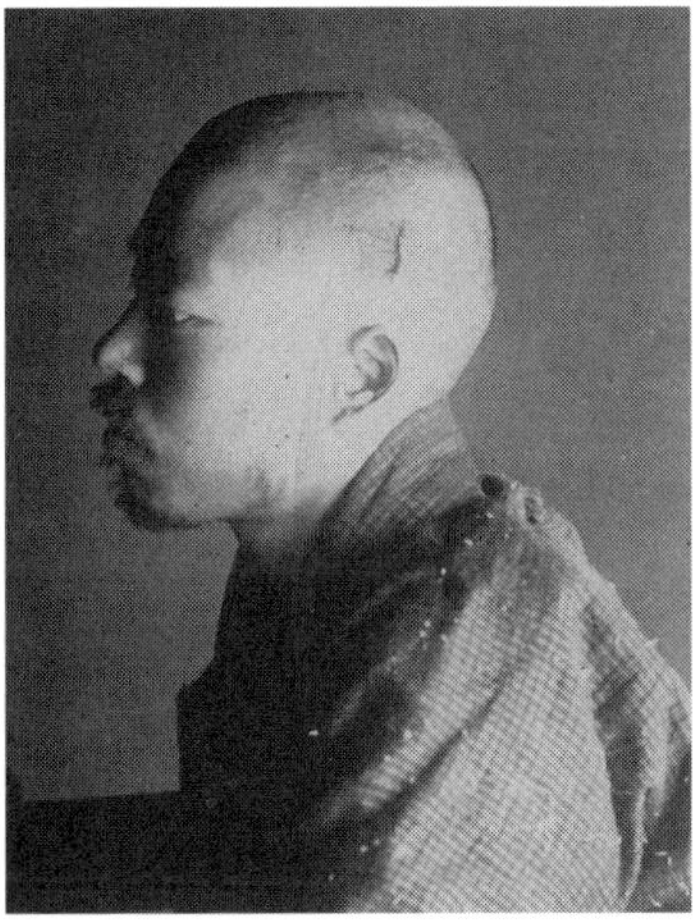
（図11）明治三十三年ごろの正岡子規
（個人蔵）

子規に良寛の歌を紹介

八一は、上京中の明治三十三年（一九〇〇）六月、尊敬する正岡子規（一八六七～一九〇二・図11）の自宅を訪問し、日頃疑問を抱いていた俳句と短歌について教えを受けている。さらに良寛についても話題にしたという。

（註3）
明治三十年一月の創刊時は、雑誌名をひらがなで『ほとゝぎす』としたが、明治三十四年十月から『ホトトギス』に変更した。

（註4）正岡子規「病牀読書日記」（『ほとゝぎす』明治三十三年十二月）
「僧良寛歌集を見る。越後の僧、詩にも歌にも書にも巧なりきとぞ。詩は知らず、歌集の初にある筆蹟を見るに絶倫なり、歌は書よりも劣れども萬葉を學んで俗氣無し。（後略）」

子規との出会いから四十年後に刊行した歌集『鹿鳴集《ろくめいしゅう》』後記によると、当時八一は子規に我が故郷越後の良寛禅師を知っているかと尋ねた。子規は知らないと答えたので、新潟に帰るとすぐに良寛の歌集『僧良寛歌集』（村山半牧編）を贈った。八一は良寛の名が子規の筆によって世間に広く紹介されることを期待していたところ、明治三十三年十二月刊行の俳誌『ほとゝぎす』（註3）に子規の随筆「病牀《びょうしょう》読書日記」（註4）が掲載され、そこには良寛についての記述があった。

八一は子規の文章を見て大いに喜んだが、それは一瞬のことだった。子規は歌集の中から良寛の歌の秀作として挙げたのはわずか二首だけで、そのうちの「山笹に霰《あられ》たばしる　音はさらさら　さらりさらり　さらさらとせし　心こそよけれ」の旋頭歌は実は古い琴歌で、良寛の作ではなかった。良寛は興に任せて琴歌まで書き記しておいたものを、勤皇の志士であり、画家でもあった村山半牧が不注意にも良寛の歌として収録したものだった。

この半牧の誤りは、子規を経て子規門下の歌人伊藤左千夫にまで及んだ。八一は、子規と左千夫はいうまでもなく、良寛に対しても責任の大半は自分にあったと、悔やんでいたという。

八一は『僧良寛歌集』の誤りにいつ気づいたのだろうか。おそらく『鹿鳴集』後記を執筆するにあたり、自らの文学人生を振り返った時であろう。八一は子規に良寛の歌を紹介したという自負心があった。だが、『鹿鳴集』後記を書くにあたり、それが誤りであることに気づき、若き日の自分の未熟さを痛感して反省の弁を述べたにちがいない。

子規は、先述の「病牀読書日記」の中で、八一から贈られた『僧良寛歌集』を見て、越後の僧良寛は漢詩にも歌にも書にも巧みであるそうだ。漢詩は知らないが、歌集に添えられた良寛の筆蹟を見て、人並み外れて優れている、つまり抜群と評価する。その筆蹟は、良寛が揮毫した自詠の長歌の拓本であった。子規は、良寛の歌は書よりも劣っているが、万葉集を学んでいて、俗っぽさはないとも述べている。

振り返れば、当時の八一は、子規に良寛を紹介したにもかかわらず、琴歌「山笹に」が良寛の作ではないことを知らず、そのうえ良寛の書がそれほど優れていることにも気づいていなかった。つまり、子規は良寛の書の素晴らしさを八一よりも先に認めたのである。

『ほとゝぎす』と八一

『ほとゝぎす』は、明治三十年（一八九七）一月、正岡子規が主宰し、柳原極堂《やなぎはらきょくどう》編集の下に愛媛県松山市で発刊された。翌年、東京に拠点を移し高浜虚子が編集者となり、花鳥諷詠、客観写生の伝統を守りながら俳句の興隆を図り、現在も刊行を続けている。

八一は、明治三十二年、新潟中学五年の時から『ほとゝぎす』に投句を始め、三年余りで二十五句掲載されている。初めて掲載された俳句は「家主に薔薇《そうび》呉《く》れたる轉居哉《てんきょかな》」（明治三十二年六月号）だ。八一の俳句には、江戸時代の俳人で画家の与謝蕪村のような視覚に訴えたり、滑稽に思えたりする句もあるが、概ね子規の俳句革新に

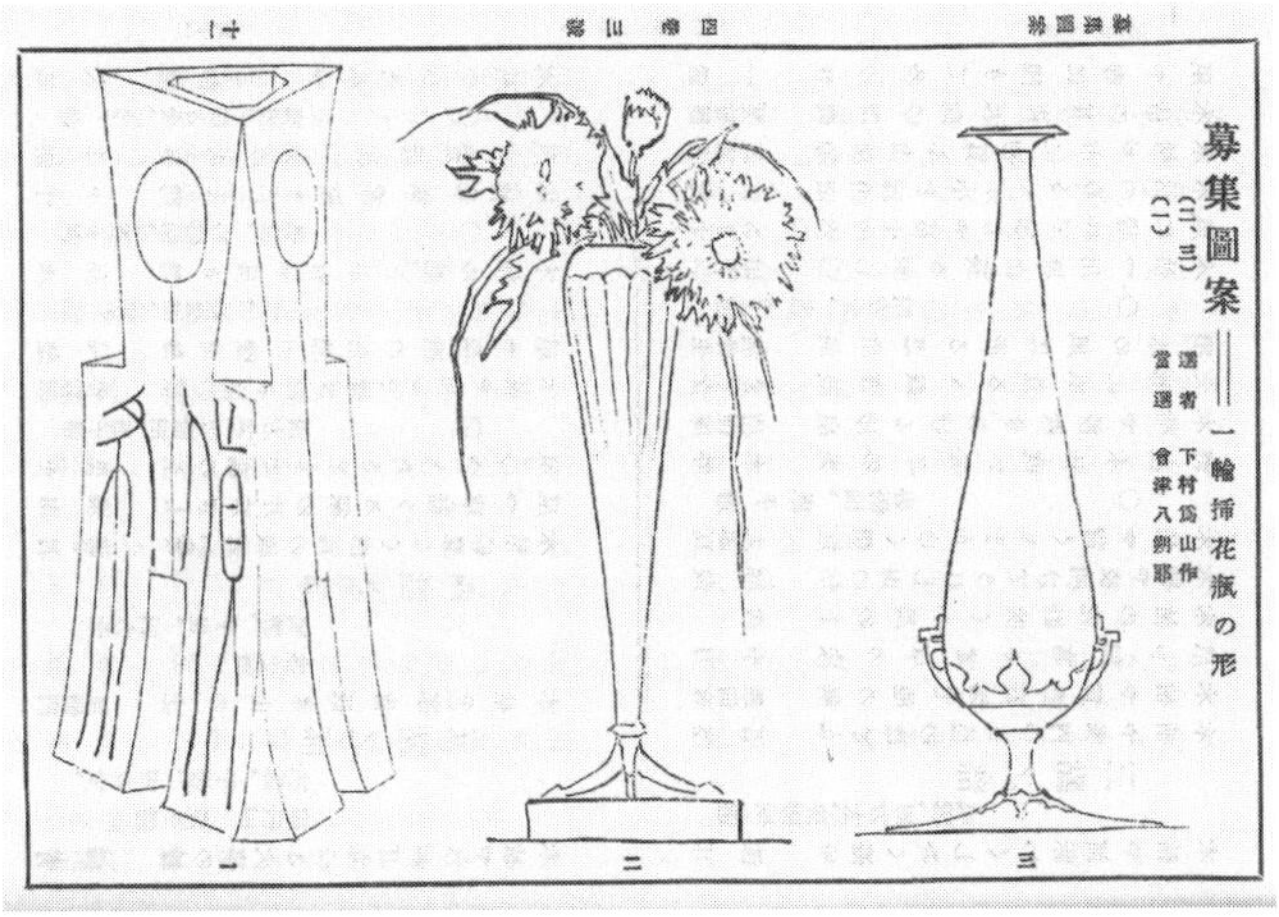

（図12）八一が一等当選した図案（左端）（『ほとゝぎす』明治三十三年十二月号）

啓発された句風であった。

投稿句以外にも、明治三十三年十二月号の『ほとゝぎす』の図案募集に応募し、一等当選している（図12）。その図は、三角柱の形をした花瓶の一側面の中央から下方にかけて篆書体で「貨布」と記してある。これは、八一が中国・春秋戦国時代に造られた青銅製の貨幣に鋳込まれた「貨布」を模したものである。つまり、八一が十九歳の時点で、古代中国の篆書体に興味を持っていたことになる。八一が博学であったことを示すエピソードだ。

地方俳壇のリーダー

明治三十三年（一九〇〇）七月、八一は二度目の脚気を患い、新潟に帰郷した。八一の「自筆年譜」によれば、翌年の明治三十四年の項目に「何となく病身につき何をするともなく俳句に遊ぶ」とある。国民英学会に進学して英文学に励もうとしていた矢先、病のた

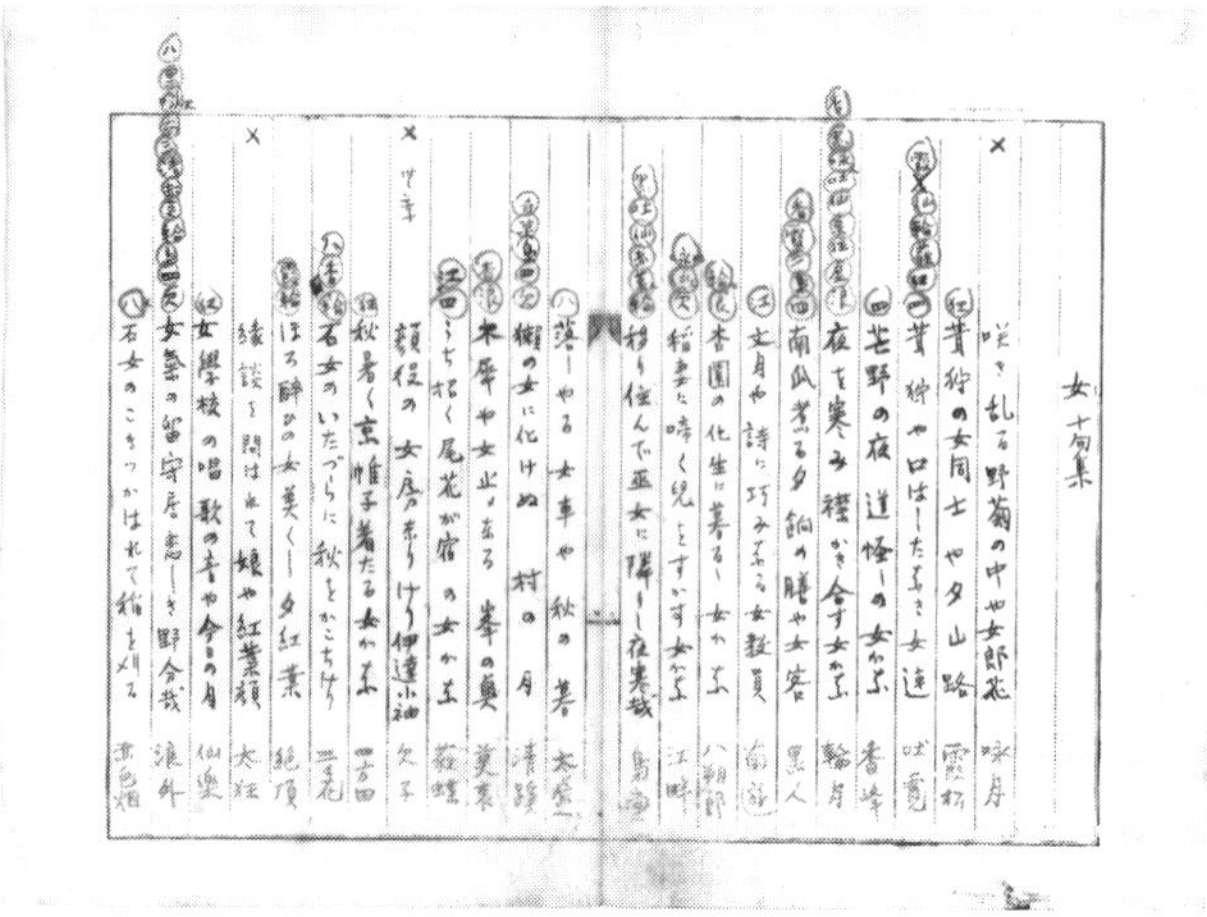

（図13）句稿「女秋季結十句集」（新潟市會津八一記念館蔵）

め志半ばで挫折してしまう。だが、八一は正岡子規との面会により、俳句への情熱を一層かきたてられたのであった。

　当時、二十歳の八一は『東北日報』（『新潟日報』の前身の一つ）の俳句選者となる。明治三十四年七月には、新潟県下の若い俳人たちを集めて「木枯会《こがらしかい》」を結成する。八一は俳句仲間のうち、特に親しくしていた長崎信吉の住居、新津町（現新潟市秋葉区）を拠点として盛んに句会を催し、回覧句稿を編集している。

　このうち、新潟市會津八一記念館に現存する句稿「女秋季結十句集」（図13）は、木枯会会員二十二人による「女」をテーマに一人十句計二二〇句を、幹事役の八一が毛筆で記し、それを郵便で回覧した冊子である。

　このような参加者同士が郵便で回覧する句会を創案したのは正岡子規だとされる。「女秋季結十句集」は八一が子規の句会の方法を参考にしたもので、子規への敬慕を表す資料といえる。

　さらに同年九月、八一は新潟県北蒲原郡水原町（現阿賀野市）の俳句グループ「瓢会《ひさごかい》」の選者として、句集の選評を執筆するなど、

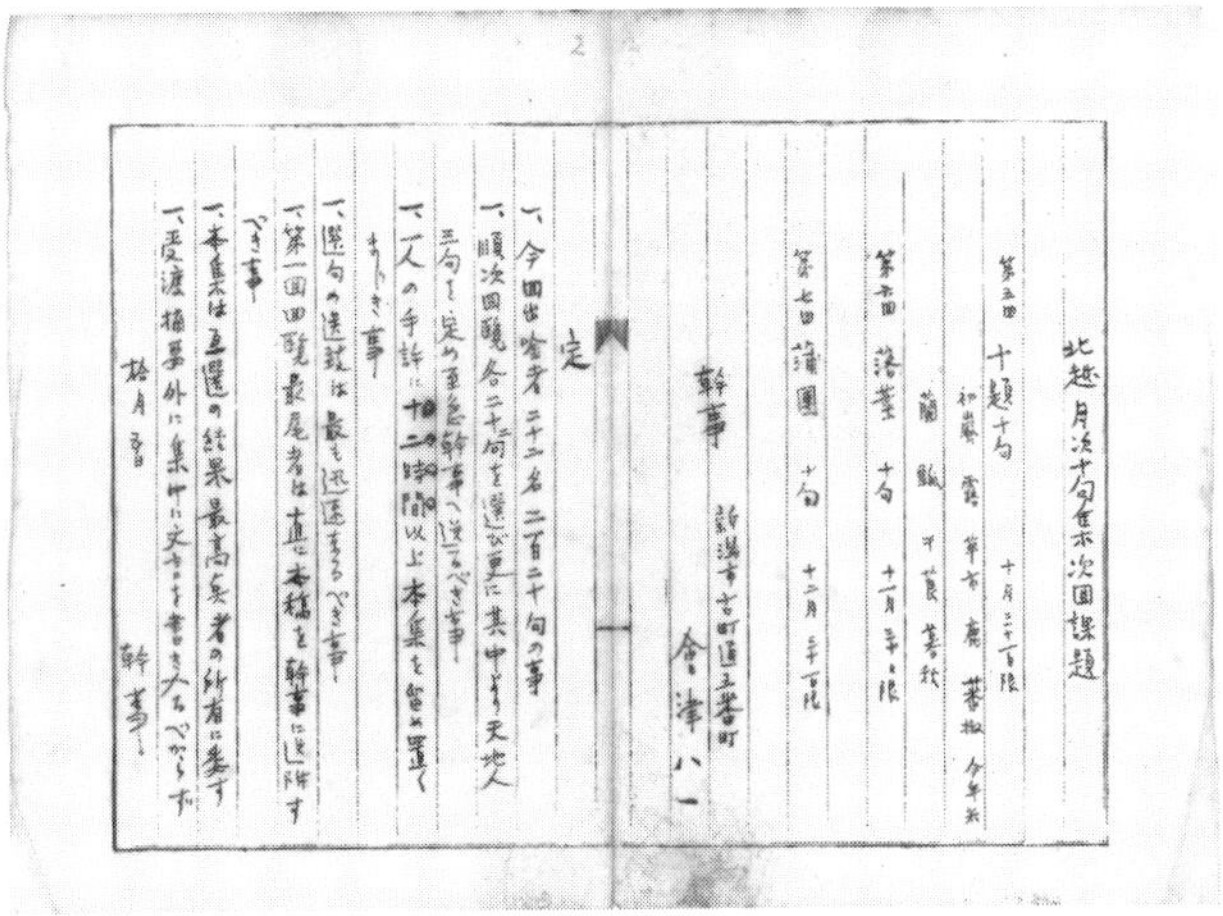

精力的に句会活動に参画している。

こうして八一は二十歳にして早くも新潟俳壇を指導者として牽引し、子規が主唱する写生主義の俳句の普及に尽力したのだった。

書への目覚め

小学生のころから習字が苦手だった八一は、いつごろから本格的に書道に取り組むようになったのだろうか。後年、八一は講演「書道について」で「俳句などをやつてゐた関係上、短冊を書いてくれといはれるので困りましたが、その当時はだんだん書いたものであります」と述べている。なぜなら、俳句を作る人は自作の句を短冊に揮毫する場面が生じてくるからだ。『會津八一全集』巻十二の年譜編の、明治三十二年（一八九九）の項目には、中学五年生の早春のころに俳句を始めたとある。つまり、八一が俳句とともに書道に取り組み始めたのは、明治三十二年以降と思われる。

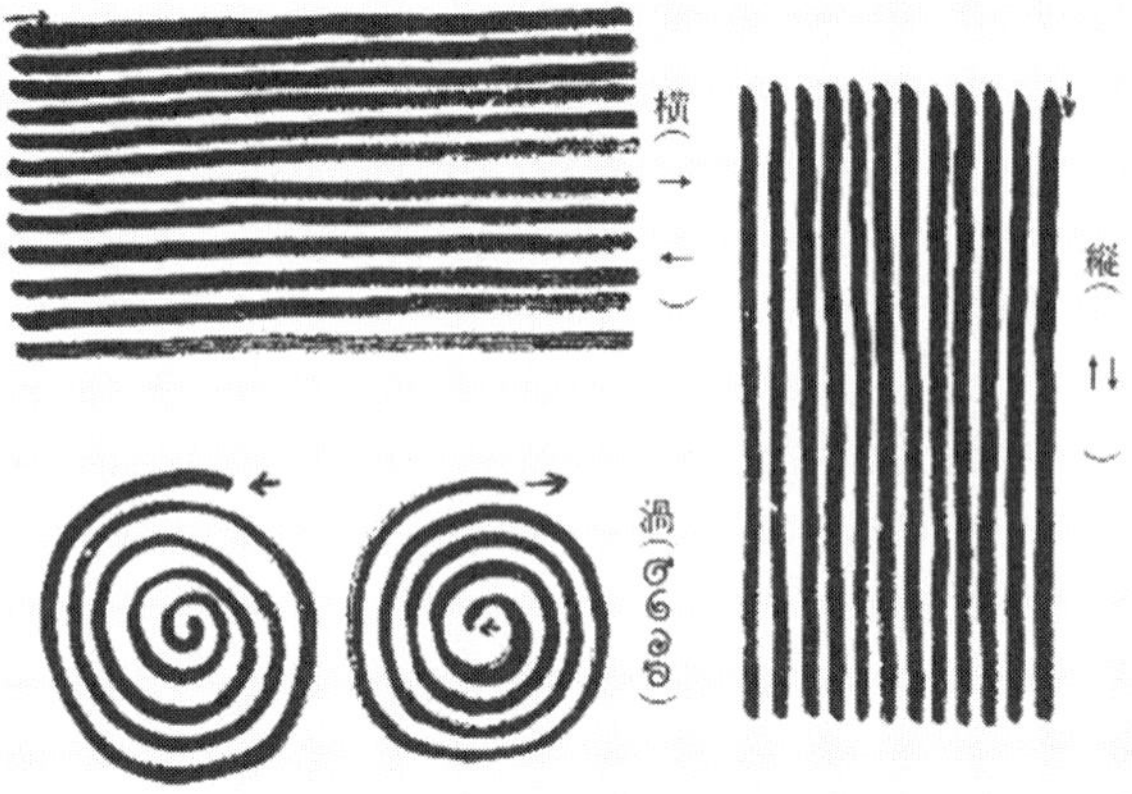

（図14）書の修練法
『會津八一　書の指導』
（昭和五十六年、考古堂出版）

達筆として知られていた叔父友次郎が、甥の八一の字が拙《つたな》いことを心配し、美しく文字を書くための手本を教えてもよいと助言した。だが、八一は聞く耳を持たなかった。なぜなら、八一は手本の字形や筆遣いの通りに真似することができない性質だからである。八一は手本に頼らず、独学で書を学ぼうとする。

八一は前述の「書道について」で、「字といふものは、自分の考へを人に知らせるためのものであり、同時にまた人の考へを自分が知るためのものである。だから上手下手といふことよりももつと大切なことは、お互ひの意思を伝へるために最も適した形式をもつたものこそ、人生において一番大切な文字であらう。（中略）今日最も多くの人の眼に触れ、人の思ふことを互いに紹介するものは明朝活字よりほかにない。それを私は考へたのであります」という。

そこで、八一は、明朝体活字の漢字は、水平線と垂直線と曲線からできていることに気づき、この三つの線を自在に書く稽古をした（図14）。つまり、水平線を左から右へ、右から左へ、垂直線を上からも下からも、渦巻きを内側からも外側からも何千回も書くのであった。このように、八一は明朝体活字を手本として独自の習練法を積み上げていくのである。

初めて書が認められる

八一が、明朝体活字をもとに盛んに文字を書くようになってから間もなく、「八一は変な字を書く」という評判が友人の間に伝わり始めた。ところがある時、八一の書を認める人物が現れた。それが八一の実家の近所で、版木屋を営んでいた篆刻家木村竹香《きむらちっこう》（一八六八～一九四三）である。ある日、叔父友次郎からの手紙が、東京の下宿に戻っていた八一のもとに届いた。内容は、竹香が気に入った人の文字を見つけて、その人から自分の名前を書いてもらい、その文字を彫って自分の名刺として刷って使いたいと、書き手を探しているとのことだった。ようやく自分の望みにぴったりあう字に出会った、それが八一の文字であったという。八一は初めて自分の文

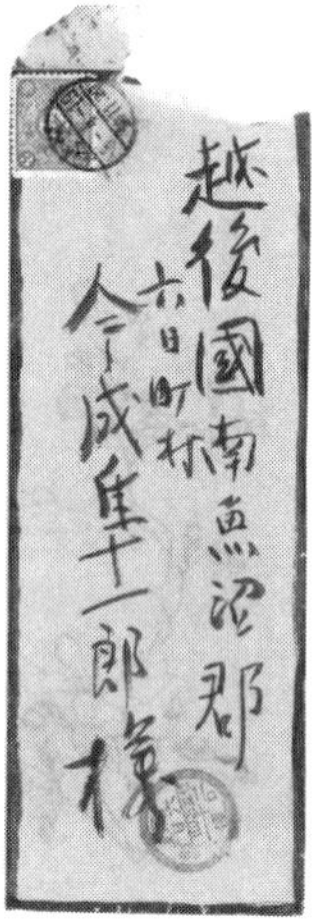

（図15）今成隼一郎宛八一書簡（個人蔵）

字を褒めてくれた人物として、竹香の名を講演で紹介している。

竹香は、八一の文字のどういう点を評価したのだろうか。

明治三十五年（一九〇二）四月十八日付の今成隼一郎（友人・新潟尋常中学の後輩）に宛てた封筒の表面（図15）には、八一が毛筆で認《したた》めた三行の宛名がある。全体の行が左に傾いているように見えるが、三行目の「今成隼一郎様」の「隼」字の「十」を左にずらしており、それ以後の「一郎様」の三文字は「十」の中心に合わせて記しているために、極端に左に傾かないように封筒内にバランスよく収まっている。また、宛名の「今」の字のみ隷書体である。このように、当時の八一の筆跡は意匠を凝らしており、筆遣いや字形の統一にこだわる書家の常道から外れている。竹香が八一の文字を褒めたのは、型にはまらない八一の表現力、すなわちデザイン力を評価したからではないだろうか。

これまで八一は文字が下手だと指摘され、劣等感を抱いていた。だからこそ竹香に評価された八一は、書に対して大いに自信を持つようになったのである。

―孤独に耐える青春―上京

【早稲田大学時代】

明治三十五年（一九〇二）四月、八一は二十一歳で東京専門学校（現早稲田大学）高等予科に入学、翌年の九月には早稲田大学文学科に進学し、英文学を専攻する。当時の教授陣は、坪内逍遙（英文学）をはじめ、島村抱月《ほうげつ》（美学、英文学等）、五十嵐力（国文学）、金子馬治（哲学）、安部磯雄（社会学）などがおり、いずれの教授も非常に熱心な指導で、学生たちの信望を集めていたという。

八一の同級生には、糸魚川市出身の相馬御風（歌人）のほか、片上伸（ロシア文学研究者）、秋田雨雀《うじゃく》（劇作家）、伊達俊光（ジャーナリスト）らがおり、上級生には、窪田空穂《うつぼ》（歌人）、小川未明（上越市出身、童話作家）、吉江孤雁（フランス文学者）、相馬愛蔵（中村屋創業者）など、多彩で異色の人物が在籍していた。

八一が大学に入学したころ、自然主義の文学運動が始まろうとしており、学内外で活発な意見が交わされていた。そのような状況の中、八一の実家・料亭會津屋の稼業が傾き始めていた。そのため、月々の下宿代を支払うことはできても、新聞を購読することが難しいくらい生活が困窮していたため、大学時代はほとんどの人と交際を断っていた。その間、ひっそりと大学の図書館に通い、自ら好きな古書を数十冊読むくらいのことしかせず、極めて質素な生活を送っていた。

本来、大学生は様々な人との出会いや新しい体験が得られる華やかな学生生活を送れるはずなのに、八一の場合は、実家の家計が逼迫していたため、異才の同級生や上級生らと親しく交わることができなかったのである。

早稲田に入学する以前の八一は、『東北日報』で俳論を連載したり、俳句選者となって、新潟県下の俳人たちを指導したりするなど、血気盛んに文学活動に励んでいた。文学を志し、更なる高みを目指して上京したにもかかわらず、あまりにもかけ離れたわびしい大学生活を、八一は想像していたであろうか。

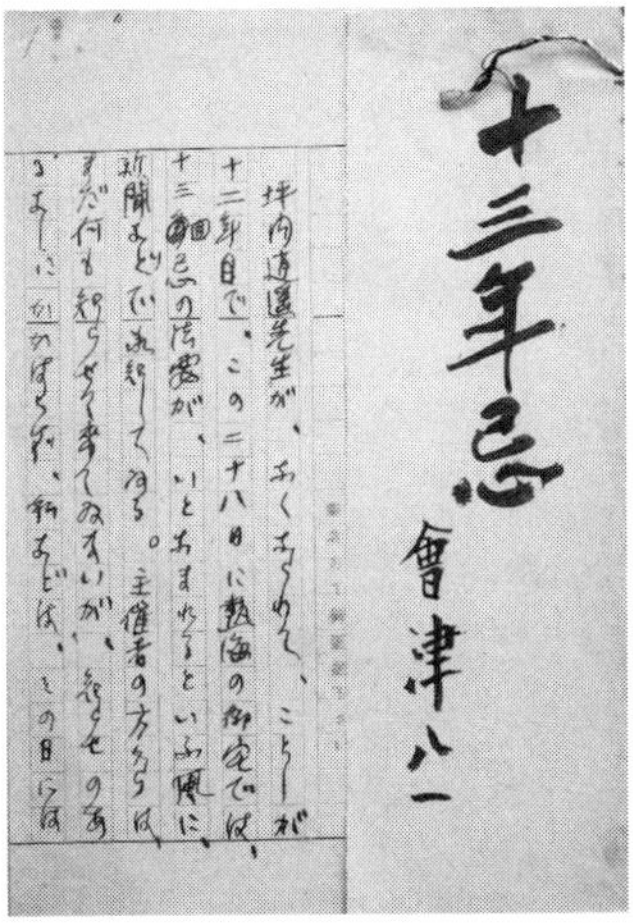

十三年忌 會津八一

坪内逍遙先生が、みまかられて、ことしが十二年目で、この二十八日に熱海の邸宅では、十三回忌の法要が、いとなまれるといふ風に、新聞などで承知してゐる。主催者の方からは、まだ何も知らせて來てゐないが、

（図16）草稿「逍遙十三回忌」（新潟市會津八一記念館蔵）

二人の恩師―坪内逍遙・小泉八雲―

早稲田大学時代の八一が、最も傾倒した人物は坪内逍遙であった。後年、八一は随筆「逍遙十三回忌」（『會津八一全集』第七巻に所収・図16）で、「自分としては出來るだけ氣持を平らにして、好き嫌ひをいはず、えり好みをせず、毎週の時間割通りにすべて出席して、ノートも取り、宿題のリポートも、いはれるままに出したものであつた。さうした私の學生生活の間に、さすがに氣郭《きかく》の大きさ、學識の深さ、廣《ひろ》さ、燃ゆるばかりの熱意、行き届いた親切心、明確な道義心、かぞへ來ればかぞへつくせぬ偉さに、驕慢《きょうまん》な私も、あたまを下げたのは坪内先生であつた。私が五年間、早稲田で、すなほに辛抱してゐたのは、この先生が一人居られたためであろう」と追想している。

逍遙は、明治十六年（一八八三）に親友高田早苗に招かれて東京専門学校の講師となり、後に早稲田大学教授となっている。英書講読のほか、史学（希臘《ギリシア》史及仏国《フランス》史）、社会学、心理学、憲法論まで

（図17）ラフカディオ・ハーン

幅広く担当した。さらに、研究、創作、翻訳、寄稿、講演など一人で何人分もの働きをするほどの大活躍を続けた。しかも自宅では文学やシェークスピアを座談形式で講義したという。

八一の学生時代は、前述のように実家の家計が苦しいため、だれとも交際をしない閉鎖的な生活を送っており、華やかな大学生活とは無縁だった。だが、八一は逍遙の文学に対する熱い思いに感動し慕うようになったのだろう。逍遙との交流は、大学卒業後さらに親密になっていき、後に逍遙の別荘「雙柿舎《そうししゃ》」の看板揮毫を任されるようにもなる。

もう一人、八一が学生時代に慕っていた人物が、文学者でギリシア生まれのラフカディオ・ハーン（一八五〇〜一九〇四・図17）だ。ハーンは一八九〇年に来日し、旧松江藩士の娘、小泉節子と結婚。後に帰化し、小泉八雲と改名する。

八雲は、松江中学、第五高等中学（明治二十七年、第五高等学校と改称）、東京帝国大学などで英語や英文学を教える傍ら、『心』『怪談』『霊の日本』など日本に関する英文の印象記、随筆、物語を発表した。

明治三十七年（一九〇四）、八一が二十三歳の時、文学科の同級生とともに八雲を早稲田大学に招いて講義を聴くことを思い立つ。当時、八雲は東京帝国大学を解雇されたばかりであったため、早稲田大学の招聘に応じて文学科の講師に就任する。ごく短い期間だったが、英文学史を講じた。

八一は、八雲からイギリスロマン派の詩人、ジョージ・ゴードン・バイロン、パーシー・ビッシュ・シェリー、ジョン・キーツらの作品について学んだ。ロマン派の詩人たちは古代ギリシア文化に対する深い造詣と並々ならぬ憧憬を抱いていた。彼らの詩は若い八一の心を揺り動かしたのだろうか。八一は卒業論文のテーマを「キーツの研究」とした。キーツを通じてギリシア精神、すなわちヘレニズムへの傾倒を深め、やがて自ら日本希臘学会を創設し、さらに発展させていく。このように、八一がギリシア・東洋美術の研究に打ち込むようになったのは、八雲から感化されたことによるものだろう。

八雲は早稲田大学講師に就任後、約三カ月ほどで亡くなってしま

（図18）渡辺文子（『美人伝』）

う。だが、八一は小泉家のことを気に掛けて、後年、早稲田中学教員時代に八雲の遺児たちの面倒をみていた。とりわけ三男の清を可愛がり、自宅で半年間寝起きを共にしていた。ある時、清の失態に八一は小泉家の家族全員を集め、延々四時間にわたり説教することがあったという。八一は清が間違った道に進まないように、人生の先達として見守っていたのである。人情に厚い一面を持っていたのだった。

―フミ子女史を想ふ―初恋

変化に乏しい大学生活を送っていた八一は、初恋の人、渡辺文子（後に亀高・一八八六〜一九七七・図18）と出会う。

文子は横浜出身で、後に女性洋画家の草分けの一人となる。文子は父親で日本画家の渡辺豊次郎の意向で、女子美術学校本科西洋画科に入学する。同級生には、八一の従妹・周《しゅう》（叔父友次郎の娘）も

（図19）文子を想う気持ちを綴った八一の葉書（新潟市會津八一記念館蔵）

在籍していた。八一は叔父から周の監督役として、周の生活ぶりに目を配る役目を任されていた。だが、次第に周の学友との交遊が始まり、周を通じて文子とも知り合うことになる。

文子は都会育ちの明るい人柄で、大正七年（一九一八）刊行の長谷川時雨著『美人伝』にも掲載されるほどの美貌の持ち主であった。文子の紹介ページには「ネルのふみ子」として、文子の誕生から、後に夫となる画家渡辺（旧姓宮崎）与平との死別に至るまでが記されている。

八一がいつごろから文子に思いを寄せるようになったのかははっきりとしない。文子の名が記されている資料では最も古いものとして、大学時代の親友伊達俊光に宛てた明治三十九年（一九〇六）七月三十一日付の絵葉書がある。そこには「汽車中、破戒を読んでは君を想ひ、トマトーを喰《く》ひてはしきりにフミ子女史を想ふこと切にて候」（図19）とある。

八一は、早稲田大学を卒業するころ（図20）、卒業論文の審査、学年末の試験を終えて新潟に帰省する。途中、長野で一泊した時に、

（図20）早稲田大学卒業のころの八一

当時発表されたばかりの島崎藤村の小説『破戒』に共感する一方、文子へのあふれる思いを綴ったのである。まさに甘酸っぱい青春を謳歌していたといえる。当時八一は二十五歳、文子二十歳だった。

さらに伊達に宛てた同年八月二十九日付の葉書によると、文子が八一の元を訪ねてきたので、八一は、文子を伴って、戸塚にある早稲田大学界隈の丘の畑地を通って面影橋を通り、雑司ケ谷の鬼子母神に参拝し、目白から小日向台町を散歩して、小石川植物園まで送ったことを詳細に記している。

文子と一緒に早稲田界隈から白山下まで散策したことが、八一にはとても楽しく心地良かったのだろう。八一の喜びが文面からひしひしと伝わってくる。

八一は、画学生文子との出会いで、西洋美術にも目を見開くこととなったと思われる。そして、次第に文子の人柄や画才に惹《ひ》かれるようになっていくのであった。

（図21）有恒学舎教員時代の八一（二列目右端が八一、前列左から二人目が朴斎）

【有恒学舎教員時代】

教師の道へ

八一は、明治三十九年（一九〇六）七月、早稲田大学文学科を卒業する。もともと、大学卒業後は教師となって生活の糧を得ながら、さらに勉学を続けたいという望みを持っていた。一方で、漢学者で、新潟県中頸城郡板倉村（現新潟県上越市板倉区）で私学有恒学舎（現県立有恒高校）を運営していた増村度次《たくじ》（号・朴斎《ぼくさい》、一八六八～一九四二）が、優秀な英語教師の後任を探していたのであった。

かつて、八一が『東北日報』の俳句選者のころに知り合った漢詩選者武石貞松や、早稲田大学で英語学を講じていた中島半次郎などは、八一の才能を買って朴斎に推薦していた。また八一の叔父友次郎の勧めもあり、九月十三日、二十五歳の八一は有恒学舎に英語教師として赴任することとなる（図21）。月給は四十五円であった。その額は、当時の県立学校の校長と同じくらいだったという。朴斎

（図22）八一画「似顔絵図」（新潟県立有恒高等学校蔵）
↑増村朴斎
↑會津八一

がよい教師を招いて、教育の質を高めようとしていたことがわかる。

有恒学舎に着任した直後の同年九月十四日付の、義弟櫻《さくら》井《い》政隆（妹庸の夫、ドイツ文学者）に宛てた八一の書簡で「増村氏の感化にて生徒は皆なおとなしく小生には適當《てきとう》のところかも知れず候。不便は日本一、魚なし卵あり。授業多きには稍々《やや》閉口の氣味《ぎみ》にて候」と、思いのほか、担当する授業数の多さに少々困惑気味であることを告白している。

八一の英語の授業を受けた生徒の一人、横尾大次郎氏が思い出を語っている。「採点は甚だ辛くマイナス二百点というのをもらったものがあった。当時六十点以下が二課目以上あると進級出来なく一クラスで十名内外落第した」という。この横尾氏の話から、八一の英語の評価は相当厳しかったことがうかがわれる。

八一の下宿先、宮澤萬太郎家にはキーツを中心にしたロマン派の英文学書、俳諧や和歌に関する国文学書、漢書、仏典、ギリシア美術史、ギリシア叙情詩集、さらには天文学に関するものまで、多種多様な書籍で埋め尽くされていた。博学多才、多趣味で独自の主張を持っていた八一は、たびたび、舎主の朴斎や同僚と論争したという。

また、在職中には有恒学舎の同僚たちの似顔絵（図22）を描いている。図は、右から朴斎、四人目が八一。八一はこの種の戯画を描くことで、孤独な下宿生活でのストレスを発散していたのだろう。

舎主増村朴斎

八一が赴任する十一年前の明治二十八年（一八九五）、増村朴斎は新潟県から有恒学舎設立認可を受け、翌年四月十日、すべての私財をなげうって有恒学舎を創立した。校名は、『論語』から「有恒」という言葉を引用し、「恒に変わらない正しい信念を持ちつづける人間」を育成したいという朴斎の願いをこめて名付けたという。

さらに、朴斎は明治三十二年、建学の精神に基づき《學規《がっき》》

（図23）増村朴斎「學規」（上越市教育委員会蔵）

（図23）を制定している。「學規」とは、身を修め、家を保ち、社会のために自分の持つ力を出し切ることであるとし、これを実践するための日常的規範として朴斎が生徒に示した五カ条である。後年、八一は朴斎の「學規」に倣い、自らも「學規」と題して四則を掲げている。

朴斎は八一を英語教師としてのみならず、俳句をたしなむ若き文学者としても高く評価していた。八一は板倉村の針地区で俳句結社「玻璃《はり》吟社《ぎんしゃ》」を作って有恒学舎の同僚たちと俳句を作り雑誌を出していた。吟社の名は朴斎が命名し、自らも句会に参加している。朴斎は八一のよき理解者として支援した恩人だった。こうした活動が評価されたのか、八一は在職中に新潟新聞の選者にも就任した。

八一は、その後有恒学舎を辞職して早稲田中学の教員に転任したが、朴斎との交流は続いた。大正元年（一九一二）九月四日付の朴斎に宛てた書簡には、「いつもながらの貧乏にて二カ月といふ敷金の準備無之閉口致居候につきては最も恐縮此事に御坐候へども　此際金貳拾《にじゅう》五円也御貸與《たいよ》被下るまじく候哉」とある。八一は、東京

（図24）「朴齋先生碑」（上越市板倉区）

で一戸建ての家に移り住もうとするが、敷金が高いため、朴斎へ借金の申し出をした内容である。元上司に資金面で援助を求めるほど、二人は近しい間柄だった。

　朴斎が昭和十七年（一九四二）に亡くなった後、八一は昭和二十二年十一月、有恒学舎を訪問し、朴斎追悼の講演を行っている。さらに昭和二十六年には、半年かけて「朴齋先生碑」の原稿を揮毫し、朴斎の公宅の庭に石碑が建立された際にも訪ねている。石碑は高さ約三メートル一八センチ、幅約一メートル二一センチの大きさで、一文字の大きさは約六〇センチもある（図24）。全国にある八一の石碑のなかで最も大きく、終生、朴斎に対して敬意を持ち続けたのだった。

失恋

　八一は大学を卒業する明治三十九年（一九〇六）に、思いを寄せていた渡辺文子のことを「我妹子をおもへば赤し雲の峰」と一句詠んでいる。「あなたを想うと、私の心はあの夕日に染まる雲の峰のように赤く熱いことだ」というのであろう。文子への恋心と夕日の雲を重ねた青春の句といえる。

有恒学舎の英語教師として就職すると間もなく、親友伊達俊光に宛てた書簡には「…小生は深く彼の女を愛し、彼の女も亦た深く小生を慕ひ候ことは、明言することを許されたく候。（以下後略）」と長文が綴られている。

これによると、八一は文子を愛し、文子も自分を深く慕っていると記されているが、実は八一が一方的に文子への思いを募らせていただけだった。

その後、八一は文子の父親に文子との結婚を申し入れるものの、文子は一人娘であるから養子を取らなければならないこと、八一が東京から離れたところで就職したことが理由だったのだろうか、最終的には結婚の許しを得られなかった。

明治四十年（一九〇七）五月十六日付の伊達に宛てた葉書には「信濃なる　あさまが岳に　煙立ち　燃ゆる心は　我妹子の為め」

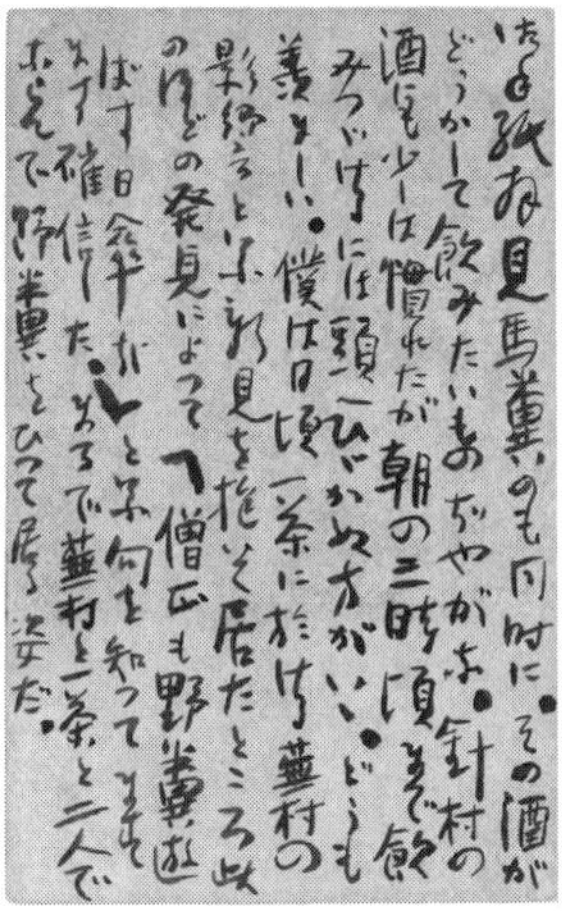

（図25）櫻井政隆宛八一書簡
（新潟市會津八一記念館蔵）

と認めている。煙立つ浅間山を、まるで燃えるような八一の恋心にたとえ、沸き立っている心情を詠った一首である。板倉村で孤独に耐えながら生活する八一にとって、文子への慕る想いがますます激しくなっていたのである。

一方、文子は、当初から八一に思いを寄せていたわけではなかった。明治四十年三月、女子美術大学を卒業後、太平洋画会研究所に入会する。そこで、二歳下の宮崎与平と運命的に出会い、次第に仲が深まり、八一とは疎遠になっていく。おそらく文子は明治四十年暮れには八一に結婚の意思がないことを伝えたのだろう。

文子との恋に破れた八一は、酒量が増えて自棄酒をあおる日々が続く。翌明治四十一年一月二十日付、義弟櫻井政隆に宛てた葉書（図25）には「針村の酒にも少しは慣れたが朝の三時頃まで飲みつゞけるには頭へひゞかぬ方がいゝ」。その三日後にも櫻井に「一昨夜一夜に三度酒をのみ、昨夜も一時ちかくまでのみ、今夜明晩のこと未だしるべからず候」。翌月二月十七日付の葉書にも「昨夜また大酔其量を知らず」とあり、文末に「酒のまぬ一日もあらず冬ごもり」

（図26）小林一茶《文化句帖》（通称・六番日記、個人蔵）

と俳句で締めくくっている。

このように、八一は明治四十一年年明けから文子への失恋の傷が癒えず、痛飲する日々を送っていたのだった。

一茶の日記を発見

八一は、明治四十一（一九〇八）年一月、新潟県中頸城郡新井町（現妙高市）の旧家で江戸時代の俳人・小林一茶の四年間にわたる直筆日記《文化句帖》（通称『六番日記』）を発見した。

表紙裏に、江戸の住所「本所五ツ目愛宕別当一茶」とあり、江戸在住の一茶の行動や俳風のわかる貴重な記録である。一一七頁からなり、朱線で上下二段に区切り、上段から先に、年月日、天候、行動、俳句を書いている。二六から九七頁にかけては、背表紙に近い中央部分が四角にくり抜かれ、墨で汚れている。ここに小型の墨壺をはめ込んでいた跡が残っている（図26）。旅で持って歩くにも便

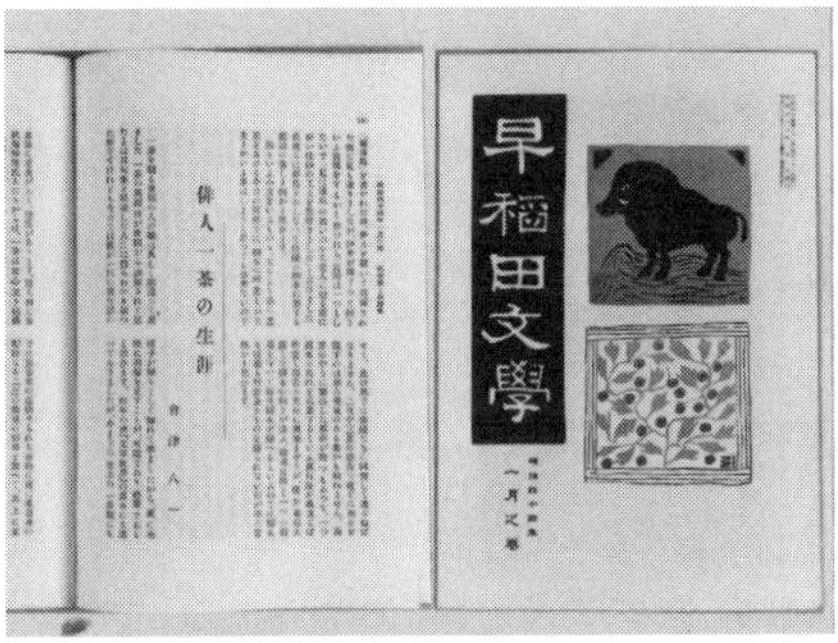

（図27）會津八一「俳人一茶の生涯」

（図28）八一書画《痩がへる》
（新潟市會津八一記念館蔵）

利なように考案したと思われる。

《文化句帖》を発見した二年後の明治四十三年、八一は「一茶研究眼の変遷」を『文章世界』に発表している。これは、一茶研究史を述べたもので、これまで一茶は儒者だとか、仏教を深く信仰していたと評されていた。だが、八一は「一茶はあくまで人間臭い人間」であり、「人情の俳人」と捉える。それは、《文化句帖》で一茶が貧窮と孤独を嘆き、その境遇を俳句で表していたことを八一が発見したからである。

翌明治四十四年にも、八一は「俳人一茶の生涯」を文芸雑誌『早稲田文学』に発表している（図27）。そこでは、一茶の故郷（信濃の柏原）の風土が一茶の心寂しさ、根強さ、自然に親しむ優しさ等の性格を形成し、俳句に影響を与えたと述べている。また、世間がそれまで一茶の生涯を「仙人である、俗塵《ぞくじん》を離脱して洒脱《しゃだつ》水の如し」と評していたのを誤解だと指摘し、「一茶は正に俗人です」と論じている。八一は、一茶の俳句から〈凡人文学〉（俗世間の人が織りなす文学）が盛んになることを期待したのであった。

二十七歳の時の八一

一茶の実像を知った八一は、三匹のカエル相撲図を描き、そこに一茶の句「痩がへるまけるな一茶是にあり」に続けて、「つぎにひかへし會津八朔」と揮毫した自画賛を度々残している（図28）。八一には珍しい、ユーモアにあふれた戯《ざ》れ歌であるものの、一茶の後を継ぐのは自分だという強い自負が表れている。

―南都千年の風色―初の奈良旅行

八一が有恒学舎の教壇に立って二年目の夏、明治四十一年（一九〇八）八月、二十七歳の時に初めて奈良を旅している。実は、大学在学中、二十二歳年上の随筆家淡島寒月（一八五九～一九二六）と知り合う。後年、八一はＮＨＫラジオ「趣味の手帳」に出演し、奈良の思い出について文芸評論家亀井勝一郎と対談している。大学時代のある日、八一は寒月の自宅で、厚さ四寸くらいのP.O.P（註5）で焼いた古美術の写真を見せてもらったことが、奈良に興味をもつ

（註5）

ゼラチン塩化銀紙（Gelatin printing out paper）の略称。ウィリアム・アブニー（英）が、一八八二年に紹介した。ゼラチンに光に感じる塩化銀を混ぜ、紙に塗って乾かし、ネガを密着させ太陽の光で焼き付け、現像は必要ない。いわゆる日光写真である。この印画紙は十九世紀末には工場で大量生産され、売り出された。

契機となったのだ、と語っている。つまり、八一の奈良への関心は寒月に触発されてのことだった。

当時、八一は画家の渡辺文子に失恋した直後だった。当初は傷心を癒やすつもりもあっただろうが、また一方で、八一は寒月の影響で、奈良の風景や文物を見ることに大きな関心を抱いていた。ところが、このころの奈良は、明治初年の廃仏毀釈により、由緒ある寺院の伽藍や仏像が、無残に破壊されたままの状態にあった。

亀井との対談によると、八一は奈良美術について全く知らなかったという。また最初に訪ねた東大寺では、大仏殿が修理中で、山のごとく材木が積み上げられた足場の上で大仏の顔を拝んだという。法隆寺では、金堂の中にある壁画の上に紙を貼って、壁画を模写していた人も見かけた。八一が訪問した当時の奈良では、今日のような美術品に対する厳しい規制はなかった。

八一はこの古都の荒廃した様子に衝撃を受けるが、奈良の旅から戻ってきた直後、義弟櫻井政隆に宛てた書簡に「南都千年の風色」と記している。つまり、奈良には千年の悠久の歴史を想起させる原

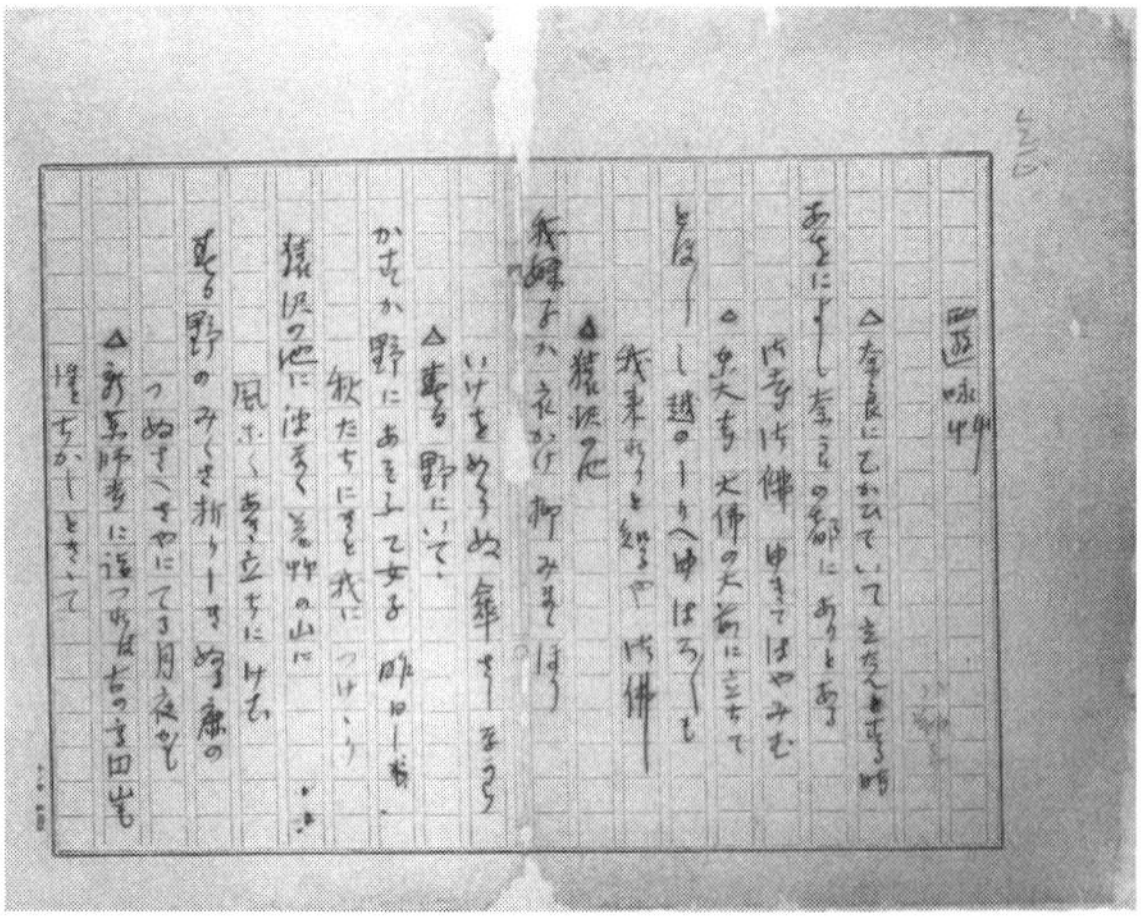

（図29）草稿『西遊咏艸《さいゆうえいそう》』の一部
（新潟市會津八一記念館蔵）

風景が残っていることに、八一は深い感動を覚え、短歌二十首を詠んだのである。その草稿『西遊咏艸《さいゆうえいそう》』（図29）が、新潟市會津八一記念館に所蔵されている。このうち次の六首

我《わぎ》妹《も》子《こ》が衣かけ柳みまくほり　いけをめぐりぬ傘さしながら
春日野のみくさ折りしきぬる鹿の　つぬさへさやにてる月夜かも
秋萩は袖にはすらじ古里に　ゆきてしめさむ妹もあらなくに
あき篠のみてらを出てゝかへりみる　生駒が岳に日は落ちんとす
斑鳩《いかるが》の里の乙女はよもすがら　きぬはた織れり秋ちかみかも
みとらしの梓の真弓つるはけて　ひきてかへらぬ古《いにしへ》あはれ

は、大正十三年（一九二四）に刊行した歌集『南京新唱《なんきょうしんしょう》』にも収録されている秀作だ。

この草稿は八一の奈良歌の出発点を知る上でも、また当時の漢字かな交じりで表記した書風を知る上でも貴重な資料といえるだろう。

八一はこの奈良旅行で歌人としての道へと進み、さらには奈良美術の研究に没頭することになる。まさに、初めて奈良を訪れたこの

早稲田中学にて
二列目右から四人目が八一

旅こそが、学芸の道へと歩む八一の出発点となったのだ。

【早稲田中学教員時代】

「中岳先生」と生徒たち

明治四十三年（一九一〇）八月、八一は有恒学舎を辞職。恩師坪内逍遙に招かれて、翌月には早稲田中学校の英語教師となり、約十五年間にわたり在職した。早稲田中学は若い人材の育成に努めた学校で、学問や芸術を学ぶ同僚も多く活気に満ちていた。八一は主に英語と修身を担当。一時は、中学のほかに早稲田大学の英文科の講義も掛け持ちしていたため、週に二十九時間もの授業数を受け持つほど、多忙な日々を過ごしていた。

それでも八一は「俺は一生、早稲田中学の教師で終わろうと考えていた」というくらい、早稲田中学の教師であることを誇りに思い、

大正七年　早稲田中学美育部員たちとともに。二列目左から二人目が八一

自らを「中岳《ちゅうがく》先生」と号した。また、生徒たちを大変可愛がってい
た。教え子たちとのエピソードを『早中八十周年記念誌』からいく
つか紹介してみたい。

「先生はあの巨体に細い目、悪童どもは〝象〟というあだ名を奉っ
た。この象先生、冬になると両手にシモヤケが出来る。〝象のシモ
ヤケ〟とハヤシたてたものである。そのころ、先生のアタマは、い
まのヤング顔まけのモジャモジャ。秋の創立記念日のこと、雨天体
操場の式場で、壇上の先生のアタマに窓から飛びこんで来たスズメ
がチョコンととまった。〈巣と間違えたナ……〉満場爆笑。その後
先生は教頭になられた。中野先生が校長になられたときのことと思
う。新任のあいさつの先生はアタマをキレイになでつけてまるで別
人のようであった」（大正九年卒・岸克己）

「先生は一見豪快な感じのするお方でありましたが、一面思いや
りが深く夏暑いときは必ず制服の襟を開かせてくださいました。ま
たウィットとユーモアに富まれ、授業中しばしば冗談を言われて皆
を笑わせたものです。（中略）生徒がダレてくる頃を見計ってかど

うかは判りませんが、授業の半ばに『縁日で植木をタダにネギる法』『鴨を手取りにする法』『決して水に溺れぬ法』などの極秘伝を授けて下さった事もありました。それが大変楽しいので腹が痛くても、風邪で熱があってもジット我慢の児になって先生の時間には必ず出たものです」（大正十年卒・石澤正雄）

このように、八一の授業は人気があった。それは、単に英語の授業にとどまらない、人間の生き方や学問と芸術に対する姿勢に及ぶもので、生徒の人間性の向上を教育方針として熱心に取り組んだのである。八一は生徒たちとの心の触れ合いを通じて、生涯で最も人間味あふれる日々を過ごしたのだった。

「學規」四則　誕生

大正三年（一九一四）三月ごろ、当時三十三歳の八一は東京市小石川区高田豊川町（現東京都文京区目白台）に転居、自宅の書斎を秋艸堂《しゅうそうどう》（註6）と称した。同年八月、八一は随筆『落日庵消息』で、「學規」四則を学究生活の指針として定めたと記している。その四則とは次のとおりである。

秋草堂學規《しゅうそうどうがっき》

一、深《ふか》くこの生《せい》を愛《あい》すべし

一、省《かへり》みて己《おのれ》を知《し》るべし

一、學藝《がくげい》を以《もっ》て性《せい》を養《やしな》ふべし

一、日《ひ》日《び》新面目《しんめんもく》あるべし

大意は「自分にとってかけがえのない命を愛おしく思い、人生を肯定すること、自分自身をありのまま見つめること、学問や芸術により人間としての人格を高めること、日々前進できるよう努力すること」。

（註6）
「秋艸堂」は、八一が有恒学舎教員時代に自ら名付け、その後も使用した。

八一は「學規は吾率先して躬行《きゅうこう》し、範を諸生に示さんことを期す、主張この内にあり、同情この内にあり、反抗また此内にあり」と、自ら率先して実行し、その模範を多くの学生や門弟に示したのである。

晩年に発表した随筆「學規」によれば、はじめは郷里の新潟から預かった受験生のために作ったものだが、受験勉強に夢中になっている書生たちは誰一人としてそんな文言に目をくれる者がいなかった。後に自らを戒めるものになってしまったという。

この類いの信条は、内容が変わってしまうことが度々見られるのだが、八一の場合は、三十三歳で「學規」を制定してから全く変えていない。それは八一が三十代ですでに普遍的な倫理観を持ち、揺るぎない信念を持ち続けていたからであろう。

歌人吉野秀雄は、八一から「學規」を揮毫してもらい、早速居間に掲げた。戦後のある日、ある学生が自殺を決意して、ひそかに吉野家へ別れを告げにきた時、居間にあった「學規」の「ふかくこの生を愛すべし」の一句を眺めているうちに、自殺を思い留まったと

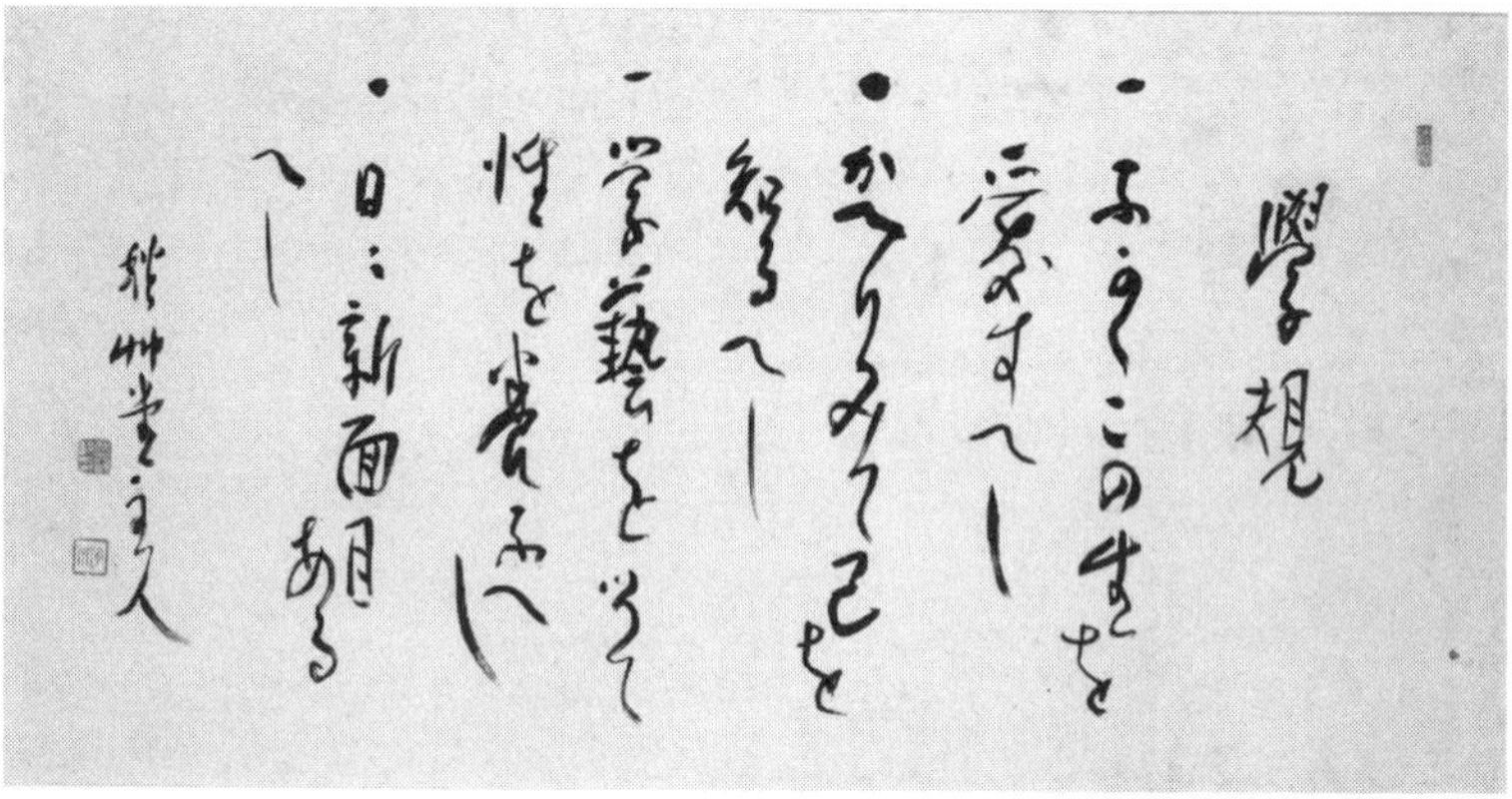

（図30）八一書《學規》（新潟市會津八一記念館蔵）

いう。

また、早稲田大学元総長奥島孝康は、総長時代入学式の式辞に「學規」四則を「日々新面目あるべし」と逆から始めて毎年順次一則ずつテーマにすることを決めたといい、「學規」が処世訓として身近な存在になったとまで述べている。

八一の「學規」（図30）は、人としての生き方を端的に示し、現代人にも生きる希望や勇気を与えてくれる珠玉の言葉なのだ。

三年掛かりの「雙柿舎」看板制作

八一が本格的に良寛の書に目を向けるようになるのは、正岡子規に『僧良寛歌集』を贈って（20ページ参照）から二十年後の大正九年（一九二〇）二月、三十九歳の時である。『坪内逍遙・會津八一往復書簡』や随筆「雙柿舎追憶四則」によると、坪内逍遙が熱海に新築中の別邸の命名と額面の制作協力を八一に求めた。

逍遙から依頼を受けた八一は、逍遙が事前に考えていた別邸名の「梅柿縦横荘」の文字の構成はいかがなものかと疑問を呈した。さらには、額面の文字を探し出す方法として、古今の法帖《ほうじょう》（註7）を揃えたと逍遙に報告している。だが、古人の文字や良寛の漢詩にも「柿」字が見つからない。良寛の俳句には「柿」の句があるものの、筆跡が見当たらないという。

その後逍遙は、「雙柿舎」としようかとも思うが、もしも認めてもらえるなら、良寛の書などから集字をしてほしいと依頼する。なぜなら逍遙は、八一ならば古人や良寛の文字から最適の筆跡を見つけ出すことができると承知していたからだろう。

八一は、逍遙の依頼に応じて良寛の書から集字を試みた。「雙」と「舎」の字は見つかったものの、「柿」の字は見つからない。良寛以外の古人の筆跡でも、筆力、気力、骨力のしっかりした「柿」の字が見つからないと逍遙に報告している。八一は生命力、精神力、表現力のしっかり表れた文字、つまり人の心に訴える「柿」の文字を探していたようだ。

（註7）習字の手本や鑑賞用として、古人のすぐれた筆跡を石や木に刻み、拓本にとって折本に仕立てたもの。

（註8）写そうとする文字の上に薄紙をのせ、その輪郭の線を写した文字。

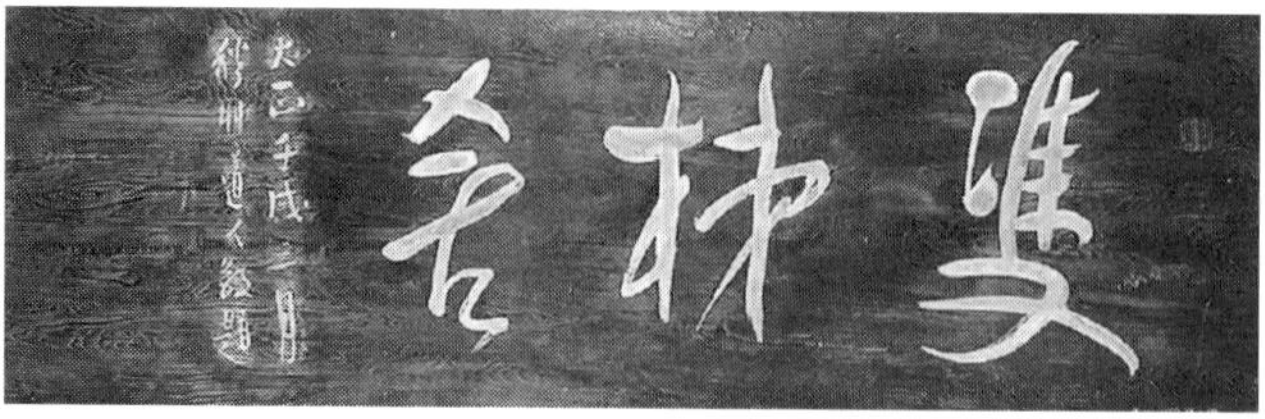

（図31）門額《雙柿舎》複製
（新潟市會津八一記念館蔵）

八一からの返信を受けた逍遙は、複数人から集字する案を八一に打診する。八一は三人三字案を了承し集字を試みるものの、一方では良寛の「柿」字にこだわって探し続けていた。

このような状況下で、八一は縁戚の市島謙吉（号・春城、一八六〇～一九四四、坪内逍遙と共に支援）から、日本石油創始者の内藤久寛（一八五九～一九四五）が所蔵している良寛書「百人一首」の中から柿本人麻呂の「柿」字が得られそうだと逍遙に知らせている。

四カ月後の大正九年八月下旬にようやく、良寛書「百人一首」を所蔵する内藤久寛から「柿」字を籠字《かごじ》（註8）にしたものが八一や逍遙に送られてくる。だが、逍遙は同じ良寛の筆だとしても書体と太さの異なる二文字と「柿」字とのバランスが取れないのではないかと懸念する。さらに、三人三字案を八一に依頼したはずなのに、八一が三文字とも良寛の文字を集字してきたから、逍遙は不服を唱えたのである。

それ以後も、八一は適当な「柿」字を見つけ出すことができなかった。十二月には、八一は「雙柿舎」の額面の集字作業を中止し

雙柿舎内の庭内の柿の木の前で
右から八一、市島謙吉、坪内逍遙夫妻

たいと逍遙に申し出た。

ところが、その二カ月後の大正十年二月、逍遙から今度は八一の書で揮毫するよう再度依頼を受け、同年十一月十五日にようやく「雙柿舎」と揮毫した。さらに、長期の旅行から帰って来た後の大正十一年三月に「大正壬戌三月秋艸道人敬題」と書き加えた。振り返ると、八一が大正九年二月に、逍遙から扁額《雙柿舎》の集字作業の依頼を受けてから実に二年余りが経過していた。

その後、門額《雙柿舎》（図31）は、彫刻師の寺山啄木の手により、大正十一年十二月にようやく完成し、八一が「遺憾がない」と納得いく出来栄えだったという。これで三年近くに及ぶ看板制作作業に終止符を打った。この門額は、現存作品のなかでは八一が自らの文字を彫らせた最初の作品である。恩師逍遙の頼み事であったとはいえ、良寛の書の集字作業に約十カ月も費やした経験は、相当数の良寛の墨蹟を研究してきたといえる。その影響は、八一自身が揮毫した門額《雙柿舎》に表れている。

門額《雙柿舎》は、線は細く、そのうえ彫られた文字よりも彫ら

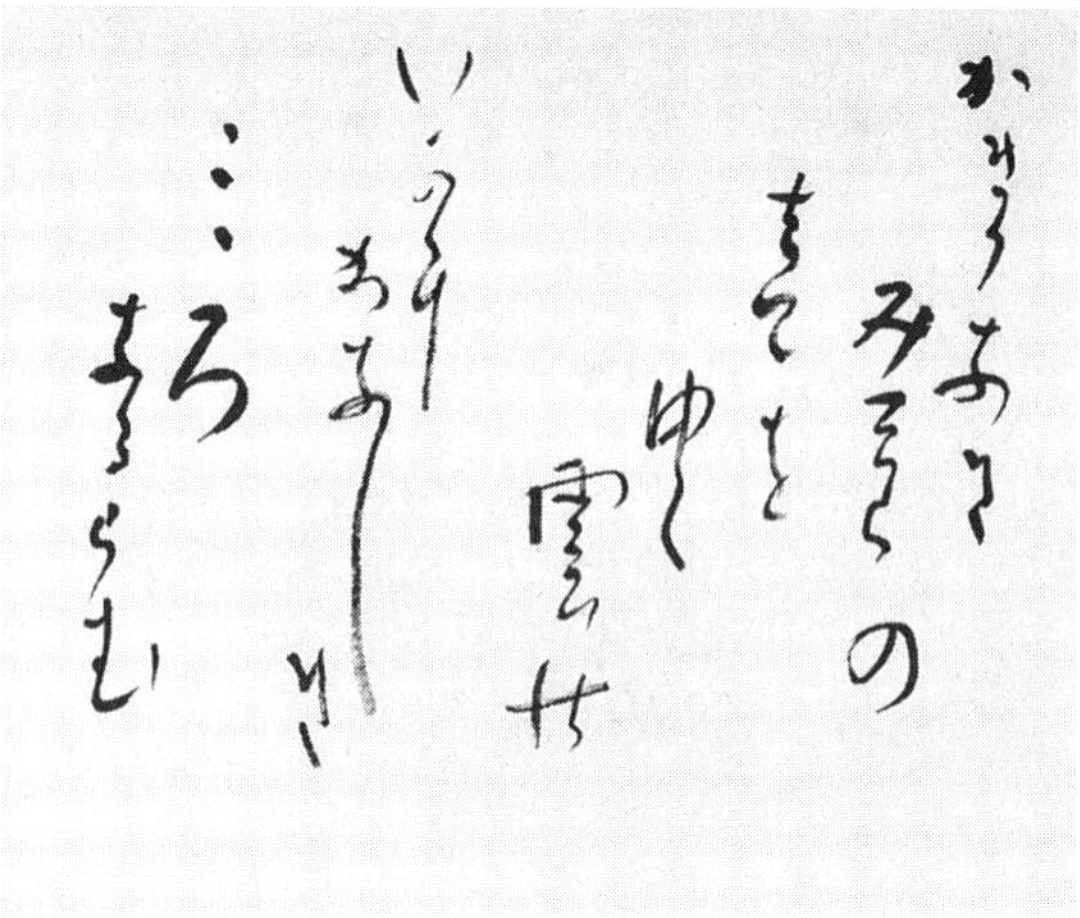

（図32）八一書《山中高歌》部分
（新潟市會津八一記念館蔵）

れていない部分、つまり余白の占める割合が多い。これは、良寛の扁額における代表作《道好亭》にも見えるように、細身の線で、なおかつ紙面に対する余白部分が広い点で、八一の《雙柿舎》は影響を受けている。

八一は良寛の集字作業を通して、良寛の細身の線と余白が醸し出す美しさに感動を覚えたのだろう。それらを反映させて揮毫したのが、門額《雙柿舎》なのである。

長期休養と西国旅行の収穫

大正十年（一九二一）、八一は《雙柿舎》看板制作の最中、長野、奈良、九州へ長期旅行に出かける。当時、早稲田中学三代目の教頭だった八一は生徒の心を豊かにし、人格を育む教育を理想としていたが、学校経営者の中で受験名門校にしようとする考えが台頭し、一部で教頭の排斥運動さえ起こった。八一は次第に心身ともに疲れ

（図33）

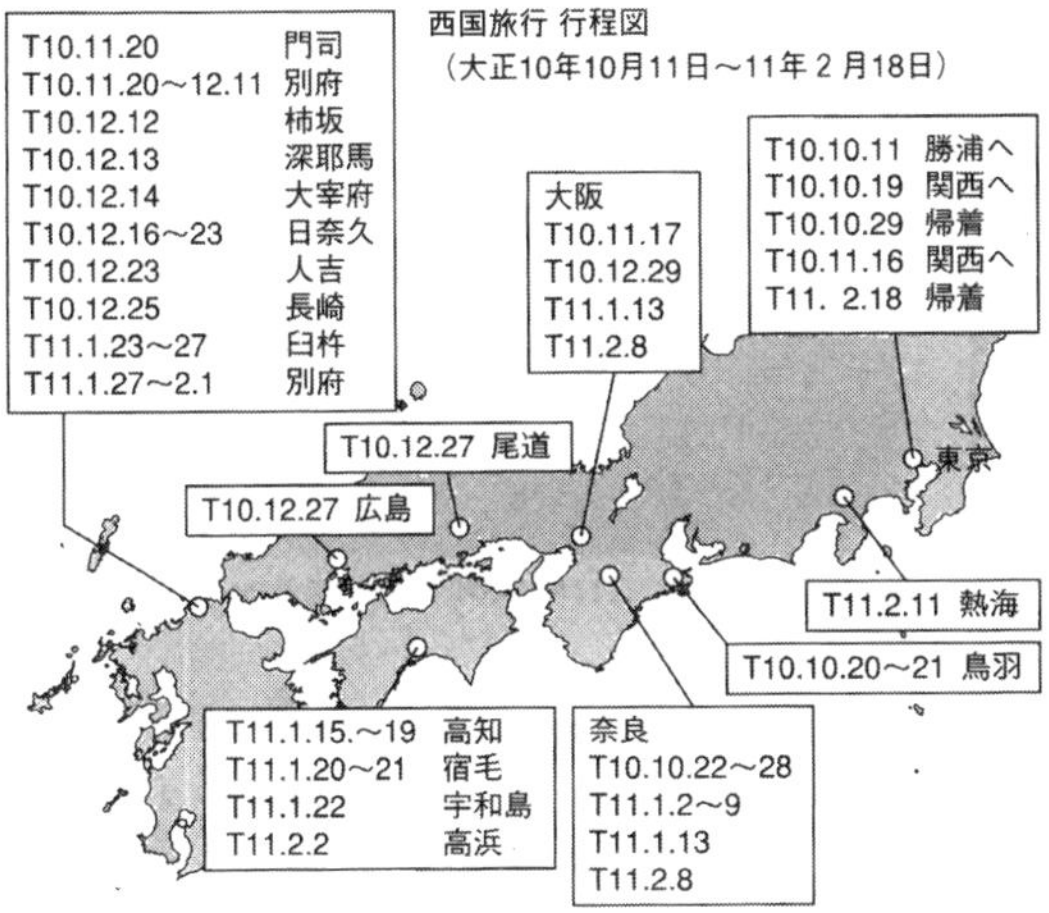

果ててしまい、転地療養を兼ねて旅立ったのである。

大正十年六月末、長野県山田温泉湊屋旅館（現風景館）に逗留《とうりゅう》した。ここで八一は「山中高歌」と題して歌を十二首詠じた。そのうちの一首

かぎりなき　みそらのはてを　ゆく雲の
いかにかなしき　こゝろなるらむ（図32）

〈大意：限りない大空のはてを流れてゆく雲はどんなにか悲しい心を抱いているのであろうか〉

鬱々として晴れることのない自分の思いを流れゆく雲に寄せて詠んだ、やや感傷的な作である。新緑の山中で、憂いに沈んだ八一の心情がにじみ出ている。

その後、同年八月に奈良を訪問、さらには十月十一日から翌十一年二月十八日までの約四カ月間、関東、関西、中国、九州方面へ旅に出ることとなる（図33）。

この旅で数多くの名歌を生み出すこととなった。なかでも、

おほてらの　まろきはしらの　つきかげを

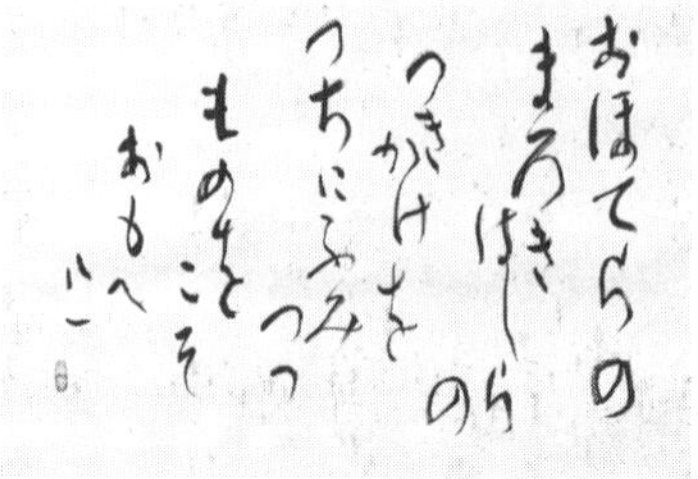

（図34）八一書《おほてらの》（新潟市會津八一記念館蔵）

小川晴暘と會津八一（左）

つちにふみつつ　ものをこそおもへ（図34）

〈大意：唐招提寺金堂の月の光をうけた円い列柱、その長い影を地にふみながら行きつもどりつ、古い奈良の都を思い、遠い世のギリシアの神殿を思う〉

この歌は、唐招提寺の円柱に古代ギリシアのパルテノン神殿に思いをはせた八一の古代憧憬を示す代表作となった。

この長期旅行は、当初、肋膜性肺炎の疑いで転地保養を目的としていた。だが、縁戚の市島謙吉をはじめ、坪内逍遥らに宛てた八一の書簡には、諸寺に伝わる著名な仏像から、野ざらしになっている石仏に至るまで知識や見識を得たこと、また各地に伝わる郷土玩具類を入手することができたことなどが綴られている。さらに、写真家小川晴暘ともこのとき出会っている。

小川が大阪朝日新聞社の写真部員だったころ、奈良にある小川の妻の家は写真館を営んでいた。大正十年十月、八一は小川の写真を見て、撮影技術と構図の素晴らしさに感服する。翌十一年から小川は、八一の熱心な勧めを受けて、仏像など文化財の撮影に専念する

（図35）『室生寺大観』

ため、朝日新聞を退社して、仏像撮影専門の写真館「飛鳥園」を創業する。

創業から二年後の大正十三年十一月、飛鳥園は『室生寺大観』（奈良美術研究会編・図35）を刊行する。小川が奈良の室生寺の建造物や仏像を撮影した初めての写真集で、八一が監修することになった。

小川の仏像写真には、二つの新たな試みがあったという。ひとつは、黒をバックにして、被写体を浮かび上がらせる手法で、古代ギリシア・ローマの彫刻写真集を意識している。もうひとつは、仏像の細部の撮影である。仏像の正面だけでなく、手や足、衣文《えもん》などを大写しにする技法を駆使している。それまでの標本のような古美術写真とは全く違う、一般の鑑賞者が満足するような被写体の美しい部分を引き出した新たな古美術写真を発表した。これらの試みは、仏像を仏教美術として追究した八一の影響によるものとされる。

この長期休暇で八一は結果として教頭の職を辞することになったが、西国への旅は学究および創作に邁進する契機となったのである。

奈良美術研究に邁進

関東大震災が起こる半年前の大正十二年（一九二三）三月、八一は「奈良美術研究会」を創立し、自ら会長として毎月一回、自宅で例会を開いた。これは、三年前に創設した「日本希臘学会」の組織を改編したものである。

翌年、『早稲田学報』に発表した八一の随筆「奈良美術に就《つい》て」によると、奈良美術は古代ギリシア彫刻に源流を求め、それがインド、中国、朝鮮、日本と伝播する中で変遷した仏教美術のことをいう。日本では飛鳥、白鳳、天平時代の美術を総称する用語で、日本美術の古典ともいえる。

後年に発表した随筆「相馬御風のこと」（『新潟日報』、昭和二十五年五月十日付）によると、有恒学舎教員時代に「ひまひまに奈良美術の研究をはじめたり…」とある。先にも述べたように、明治四十一年（一九〇八）八月、初めて奈良を旅した時、全く奈良美術につい

（図36）歌集『南京新唱』

て何も知らなかったと述べていることから、奈良美術研究を始めたのは明治四十一年八月以降だろう。

その後、大正九年から十五年までの間に奈良を十二回も訪れている。おそらく、八一は奈良の古寺の仏像や建築物などの文化財をじかに見ることで、これまで研究してきた古代ギリシア彫刻との関連性を実感したのではないだろうか。

歌集『南京新唱』の誕生

大正十三年（一九二四）十二月、当時四十三歳の八一は、初めての歌集『南京新唱』（図36）を刊行する。「南京」とは「なんきょう」と読み、昔、都があった京都の南に位置する奈良のことを指している。

『南京新唱』の自序（註9）によると、八一は奈良の風光と美術を「酷愛」し、心行くまで歌を詠んだ。また、自らの歌について、

（註9）
「探訪散策の時、いつとなく思ひ泛《うか》びしを、いく度もくりかへし口ずさみて、おのづから詠み据えたるもの、これ吾が歌なり」と述べている。

探訪散策の時に何気なく思い浮かんだ言葉を何度も繰り返して口ずさんでは、何度も推敲し、自然と定着したものが我が歌である、と述べている。

たとえば、大正十年十月下旬、奈良旅行で詠んだ十九首の短歌を豆本で揮毫した折帖《旧都逍遙》には、法隆寺夢殿の救世観音を詠んだ一首

うつしよに　われひとりゐて　たつごとき
　このさびしさを　きみはほゝゑむ

がある。ところが、三年後に刊行した歌集『南京新唱』では

あめつちに　われひとりゐて　たつごとき
　このさびしさを　きみはほゝゑむ

と、初句が「うつしよに」から「あめつちに」へと変更されている。

また、大正十三年ごろ、八一が友人たちへ回覧した歌稿「奈良の歌」の、中宮寺の菩薩半跏思惟像を詠んだ一首

み仏の　あごと肱とに　尼寺の
小暗き朝の　ひかりをぞみし

東京・下落合の自宅

は、漢字かな交じりで表記していたが、『南京新唱』では

　みほとけの　あごとひぢとに　あまでらの
　　あさのひかりの　ともしきろかも

と、下の句「小暗き朝の　ひかりをぞみし」から「あさのひかりのともしきろかも」へ変わり、さらにすべてかな表記にしている。二首ともに当初八一がみ仏と対面した時の印象を素直に表現しているが、何度も口ずさむうちに、心地よい調べの歌へと変化させたのである。

実は、新宿中村屋サロンを代表する画家中村彝《つね》（一八八七〜一九二四）も、この『南京新唱』を愛読し、そこに収録されている奈良歌に対し「奈良の風物をよんだものの中には、嬉しくて泣き出し度くなるやうなものが随分あった」と感銘を受けている。（「中村彝と私」『會津八一全集』第七巻に所収）。

さらに、彝は、同歌集に収録された「村荘雑事」を毎日繰り返して読んでいたと述べている。「村荘雑事」は、八一が豊かな自然に恵まれた東京・下落合の自宅（縁戚の市島謙吉の別荘閑松庵）に住

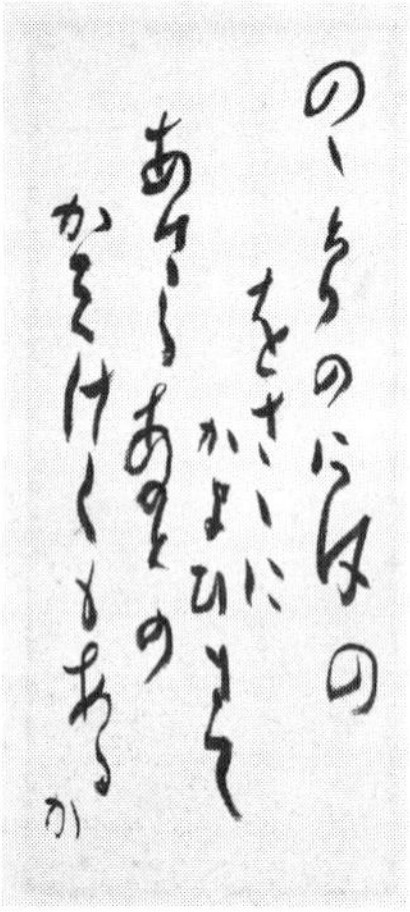

「村荘雑事」にある八一書《のゝとりの》
（新潟市會津八一記念館蔵）

み、悠々自適の生活を題材にして十七首を詠んだ一連の歌である。彝は「これらの歌を口ずさんでゐると、言葉の微妙なニュアンスにさそわれて、全く自然と歌とのけぢめが分からなくなり、まるで目白の自然そのものを、まざまざと歌の中に見る心地がします」と、八一への手紙で感想を述べている。

　このように、八一は、舌の先で言葉を転がしていくうちに、その言葉の響きから広がるイメージを読者に訴えた。さらにその調べを「詠む歌」とすべく、終生こだわったのが平仮名表記だったのである。

【早稲田大学教員時代】

東洋美術史を担当

大正十四年（一九二五）、四十四歳の時、八一は早稲田中学校を辞め、早稲田大学付属高等学院の教授となり、英語を担当する。翌年の大正十五年には、早稲田大学文学部の講師に就任し、初めて東洋美術史を担当し、おもに奈良美術を中心とした講義を受け持つことになる。

同年、八一は、美術史学を学ぶ方法と、大学が実物資料を収蔵する必要性を説いた「實物尊重の學風」（註10）を早稲田大学新聞に発表する。そのなかで八一は、学問は実物を注意深く観察するべきで、実物から離れたものは、空論であり、空学だと断言する。

そして、美術史という学問は実物の美術作品から離れては存在しないという。参考書の挿絵を見ただけで、実物を見ずに参考書の議論を受け売りしたりしても意義のあるものは何も生まれない。だからこそ、実地見学や実物の写真撮影、拓本つまり採拓の方法、実物の発掘、実物の測量、実物の正確な記録を集めることが、美術史研究の第一の急務だと論じている。つまり、実物資料を尊重した「実学論」を論じたのである。

一方では、奈良美術の文献史料集として『奈良美術史料　推古篇』

（註10）
随筆「實物尊重の學風」
（『早稲田大学新聞』・大正十五年）
「學問をしてゆくに、實物《じつぶつ》を能《よ》く觀察《かんさつ》して、實物を離れずに、物の理法を觀《み》てゆくと云ふことは、何よりも大切なことだ。どれ程理論が立派に出來上つて居ても、何處《どこ》かに、實物を根底にする眞實《しんじつ》性が含まれて居なければ、卽《すなわ》ちそれは空論だ、空學《くうがく》だ。取るに足るものでない」

（図37）『奈良美術史料　推古篇』

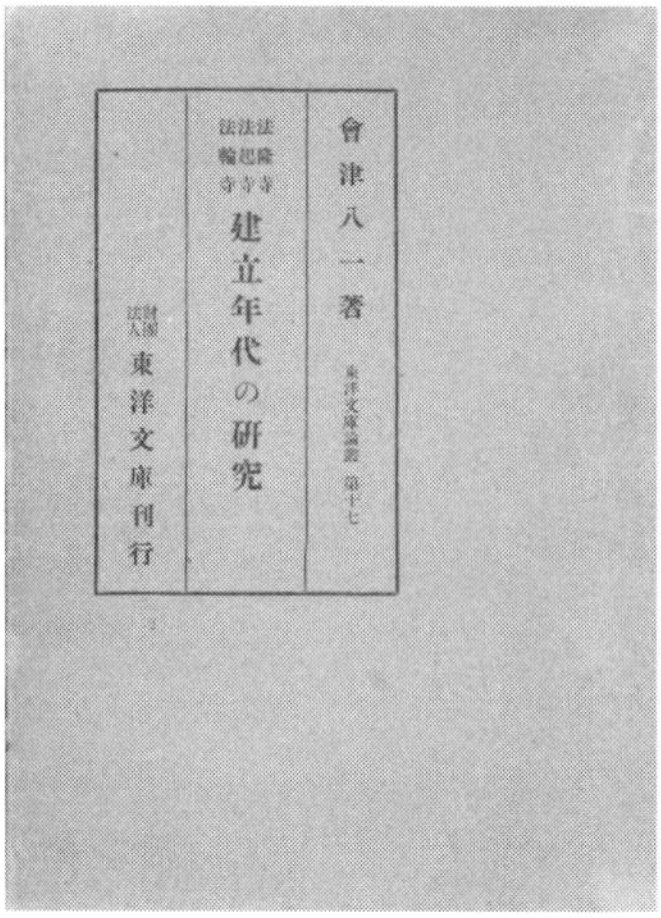

（図38）学位論文『法隆寺法起寺法輪寺建立年代の研究』

（図37）を昭和三年（一九二八）に出版した。推古朝の古美術について飛鳥時代の漢文史料から江戸時代の史料に至るまで原文を採録しており、八一が幅広く文献研究にも取り組んでいたことを示す図書といえる。

　このように、八一が主張する美術史学とは、「実物と文献とが車の両輪のようにして成立する学問」をいう。これこそが、八一の美術史研究の理念であった。昭和八年には、自らの主張を実践して結集した学位論文『法隆寺法起寺法輪寺建立年代の研究』（図38）を東洋文庫から刊行する。翌年の七月には、文学博士の学位が授与された。

中国美術品の収集

　八一は前出の随筆「實物尊重の學風」を発表した前後から、中国の明器《めいき》、銅鏡、瓦塼《がせん》など古美術品を数多く購入するようになる。

それらは、八一が東洋美術史研究の実物資料の収集とともに大学教育の発展のために求めたものである。だが、早稲田大学では、美術資料を購入する予算が十分にはなかった。そのため、八一は自作の書画の即売展を開催して親戚や友人であっても揮毫料を徴収したり、恩師の坪内逍遙や縁戚の市島謙吉からも援助を受けたりしながら、数多くの美術資料を収集していった。

収集品のうち、八一がとりわけ力を入れたのが明器であった。明器とは、神明《しんめい》の器の意味で、古代中国で墓やそれの付属施設に入れるために土、木、玉、石、銅で作った副葬品をさし、特に人物、動物の場合を俑《よう》と呼んだ。

昭和九年（一九三四）、八一が五十三歳の時に発表した随筆「支那の明器」（註11）によると、それまで中国の美術品は、画像石（石柱、墓室などに用いられた浮彫のある石材）、銅器、玉器、仏教の偶像でしかなかったが、明治時代に発見された明器によって、各（階）層の風俗や生活ぶりが明らかになったことを説いている。

八一は東京の古美術商・壺中居をはじめ、繭山龍泉堂、共楽倶楽

（註11）
随筆「支那の明器」　昭和九年三月『早稲田學報』より
「明器の類が續々と出土するに及んで、漢時代ではこれまでの畫像石のやうに線彫りでなく、丸彫りの人形や動物、ことに嬉しいのは六朝以後唐時代に至る間の将軍、文官、美人、奴婢《ぬひ》、家畜などの風俗的生活が吾々の眼前に見せられることになつた。即ち天地を祀る祭器としての銅器や、装身具としての玉器や、佛教の偶像だけしか無かつた支那美術の畠に、それこそ本統《ほんとう》に人間らしい、柔らかい感じの、氣のおけない人間生活の彫刻が現はれたわけである」

（図39）八一コレクション　明器《立女俑》（早稲田大学會津八一記念博物館蔵）

前漢時代　北魏時代　唐時代

部などを巡り、明器などの逸品を見つけては買い集めたという。決してきらびやかで豪華一点ものの骨董品を求めるものではなかった。だが、その収集法は同一種類の資料を時代ごとに収集し、それらを比較検討することで、学生に美術品の様式の流れを理解する方法を教示したのであった。まさに八一の鑑識眼によるもので、唯一無二の膨大なコレクションが形成されたのである。

これら會津八一のコレクションは、現在早稲田大学會津八一記念博物館が収蔵している（図39）。

良寛の書からの脱却

これまで八一が揮毫した門額《雙柿舎》（大正十一年作・56ページ・図31）や扁額《春風荘》（昭和四年二月作・図40）は、良寛風の細身の線であったが、昭和四年五月ごろに揮毫した扁額《自彊不息》（図40）は線が太くなり、このあたりから急激に線の表現が変化し

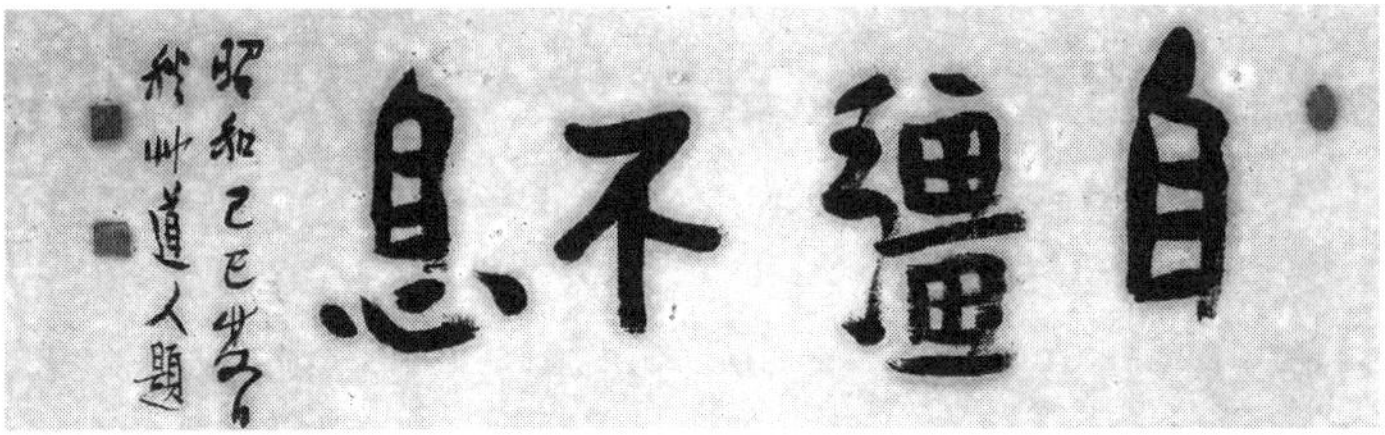

（図40）扁額《春風荘》上（昭和四年二月・南都屋蔵）と扁額《自彊不息》下（昭和四年五月ごろ・個人蔵）

ていく。

太い線になる一カ月前、八一は飛鳥園が創刊した古美術雑誌『東洋美術』に、「中宮寺曼荼羅に關する文献」を発表している。五月には、古美術文献叢書として『聖徳太子伝私記』を出版、さらに、父方の縁戚の新潟県旧中条町の求めに応じて奈良仏教美術の講演を行うなど、八一にとって昭和四年の四月、五月は学問研究が著しく活発化する充実期であった。

つまり、八一が明治四十一年八月以降、研鑽を積んできた奈良美術研究のうち、まず文献史料の研究がようやく開花したことで、八一の学問への確固たる自信が生まれ、良寛の書風から自分らしさを表現した肉太の線に変化させたのであろう。

八一は、東京日本橋にある古美術商の壺中居の依頼を受けて、昭和四年夏前に外看板の原稿を揮毫した。完成した看板《壺中居》（図41）は、縦六二センチ、横一八八センチで巨大な木彫額である。屋外にとりつける看板であるため、看板の文字が目立つように、八一が肉太の線を採用した。書家、陶芸家で美食家の北大路魯山人は、その看板

（図41）八一書看板《壺中居》（株式会社壺中居蔵）

を見上げて「ウーム」と唸って立ち去ったという逸話が残るほど《壺中居》は逸品である。

さらに、八一は奈良に行く際に定宿としていた日吉館からも看板の揮毫依頼を受け、昭和四年十二月《旅舎　日吉館》の看板原稿を制作した。この看板（図42）も全体的に肉太の線で、しかも看板に占める文字と余白とのバランスが絶妙にとれている。

同月四日付の日吉館に宛てた八一の書簡によると、「彫刻は紙の大きさとまったく同じ大きさの板で、凹字に彫らせよ。ともすると、彫刻師というものは、書家の書いたものを勝手に直したりする人がいるので、厳しく言い付けてすべて原稿の通りに彫らせよ。また、文字の間や上下左右の空きまですべて紙の通りに彫らせよ」という。つまり紙に書いたものと同じ位置、同じ筆法で忠実に彫らせよというのである。

おそらく八一は、これまでたくさん見てきた良寛の墨蹟を通して、文字の大きさと余白とのバランスの重要性を意識していたのであろう。

（図42）八一書　看板《旅舎 日吉館》（昭和五年春完成・早稲田大学會津八一記念博物館蔵）

先述のように昭和四年当時の八一は、長年積み重ねてきた奈良美術研究がようやく開花し、研究成果に自信を持つようになった。さらには、巨大な看板の原稿を揮毫する機会にも恵まれた。こうして、八一の書は、昭和四年五月を境に、良寛張りの細身の線から肉太の線のしかもバランスよく余白を配した完璧なレイアウトを獲得した。要するに、良寛の書風からの脱却を果たしたのだ。

還暦以降の文芸活動

昭和十五年（一九四〇）五月、間もなく還暦を迎える八一は全歌集的なものを作ろうと、歌集『鹿鳴集』（図43）を創元社から出版した。この歌集は、大正十三年（一九二四）刊行の『南京新唱』以後発表した短歌を加えて全三三〇首を収録したものである。『鹿鳴集』表紙と扉の題字は八一の書、装丁意匠は装丁家で美術評論家の青山二郎。刊行後好評のうちに版を重ねた。

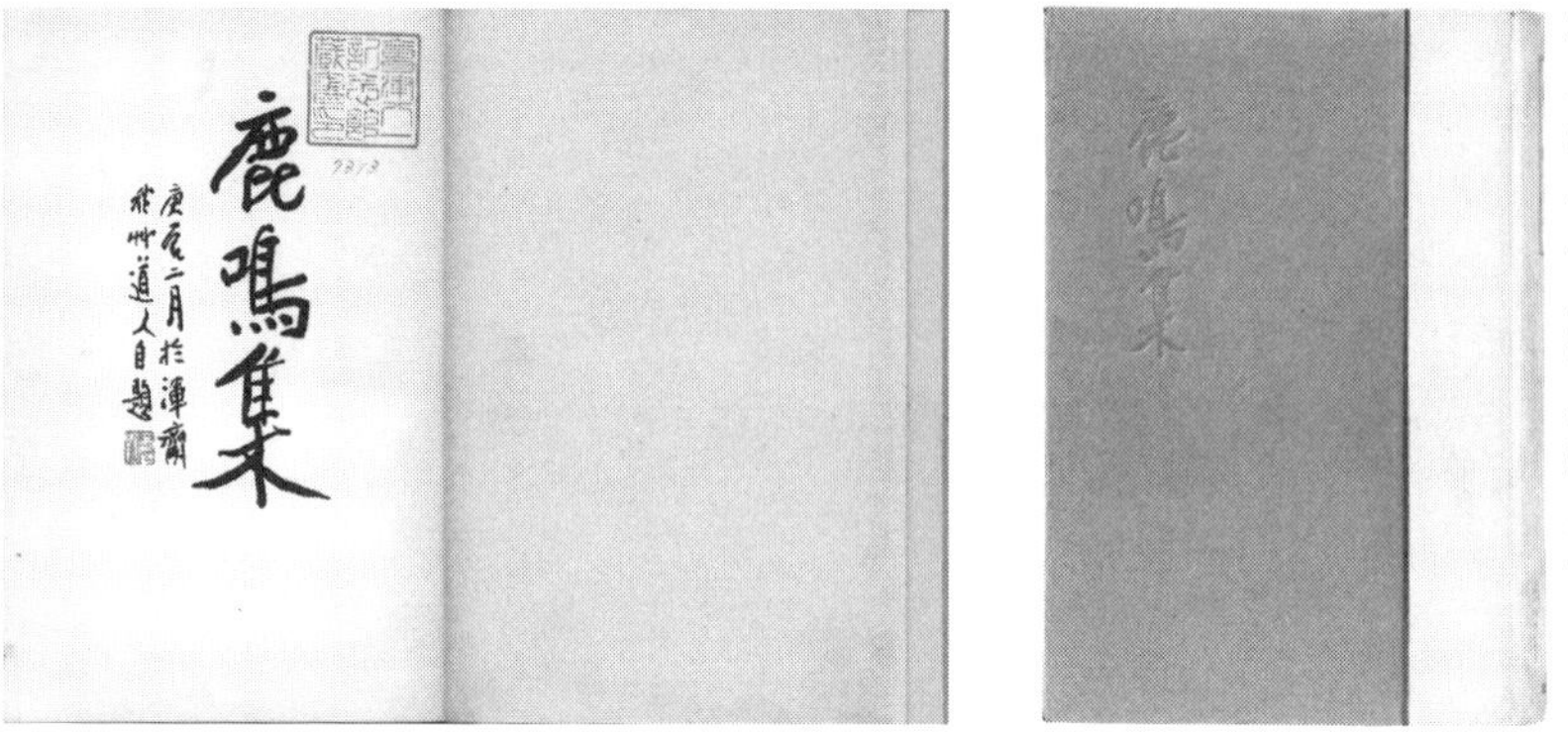

（図43）歌集『鹿鳴集』表紙と扉

八一の歌を以前から評価していた斎藤茂吉はもとより、窪田空穂、三好達治、亀井勝一郎、堀辰雄といった歌人、詩人、作家などの文学者らから高い賛辞が寄せられた。戦中戦後の青年たちは『鹿鳴集』をガイドブックとして携えて古都奈良を巡るようになったという。『鹿鳴集』は、奈良を我々日本人に身近に感じさせてくれる珠玉の歌集だ。

翌昭和十六年（一九四一）四月三十日から五月三日まで、八一は東京銀座鳩居堂で還暦記念の近作書画展を開催した。この個展の番頭を務めた古美術評論家の料治熊太によると、初日に板画家の棟方志功が一番初めに来場し、誰よりも早く八一の作品を購入したという。その作品は京都にある東寺の五大明王を詠んだ「たちいれば　くらきみだうに　軍荼利《ぐんだり》の　しろききばより　もの丶みえくる」と揮毫した掛軸とされる。

また、この展覧会には、木聯《れん》《及其至也　不亦樂哉》（図44）も出品されている。後年、八一はこの木聯について知人に宛てた書簡で、「これは稍々《やや》痛快淋漓《りんり》として近年自分ながら會心《かいしん》に屬《ぞく》し候」と、

（図44）木聯《及其至也　不亦樂哉》（新潟市會津八一記念館蔵）

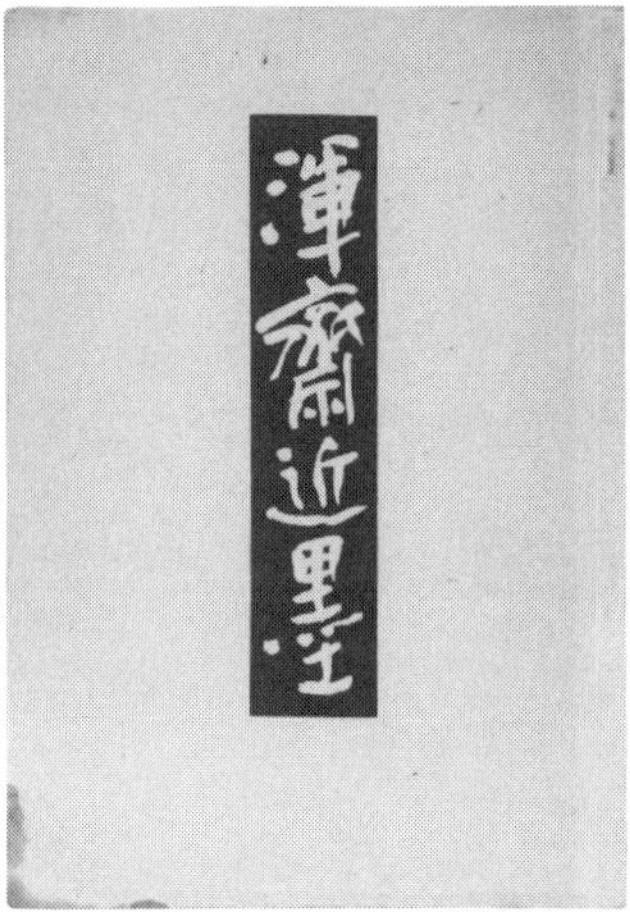

（図45）書画図録『渾齋近墨』

刻字の出来映えに満足している。たしかに、気力が充実して筆力あふれるばかりの作品だ。

これらの《たちいれば》や《及其至也　不亦樂哉》をはじめとする出品作を収録したのが、書画図録『渾齋近墨《こんさいきんぼく》』（図45）で春鳥會から出版した。ここには、愛唱の漢詩、自作の短歌や俳句をモチーフに、漢字書、仮名書、画賛書、木聯など幅広い形式で揮毫した作品が四十八点掲載されている。

その序によると、期間中は多くの来場者でにぎわい、作品はほとんどが売約となった。最終日の午後には、購入者のもとへすべて作品が渡ってしまい、八一は寂しさに襲われ、この図録を制作することにしたと述べている。

昭和十七年四月には、奈良の新薬師寺に初めて自詠自筆の歌碑「ちかづきて　あふぎみれども　みほとけの　みそなはすとも　あらぬさびしさ」（図46）が建立される。この歌碑の原稿（図47）が新潟市會津八一記念館に所蔵されているが、紙面には「文字の筆意及行間のあきは總《すべ》て原稿の通り嚴守し忠實《じつ》に彫刻せられたし」のゴ

（図46）新薬師寺歌碑

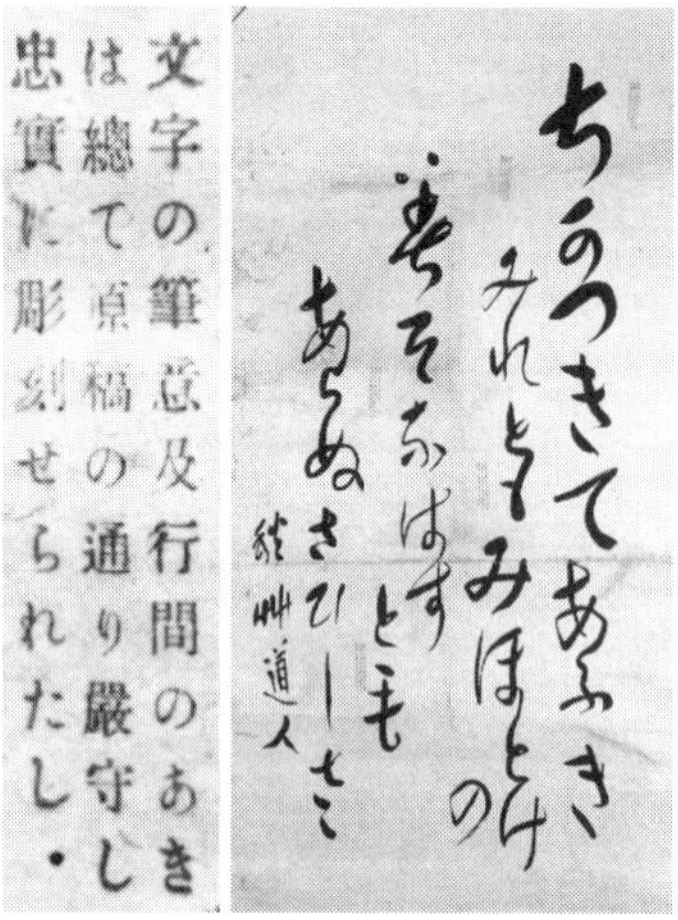

（図47）新薬師寺歌碑原稿とゴム印

ム印が五カ所もあり、碑制作に対する八一のこだわりがよく表れている。

同年十月には、随筆『渾齋随筆』（図48）を創元社から刊行する。この二年前に歌集『鹿鳴集』が出版されたが、古語や仏教用語を含んだ歌が解りにくいとの評判を受けて、八一自身が歌に註釈を付けて随筆風に書き上げた著作である。また歌にまつわる事柄や出来事を奈良美術や古典文学などを踏まえつつ、まるで八一の談話を聞いているかのような独特の口語文章で記述されている。八一自身もこの著書の「序」で「自作の註釈を踐み越えて、短歌道の管見から、一般文學論に入りかけたり、美術の話になったり、言語や、傳説や、動植物のことに及んだり、とりとめの無い物の云ひ方をする、私のいつもの癖が、ここにもすつかり表れてゐて」と記している。このような自作自註の態度は、後年に刊行する『自註鹿鳴集』に受け継がれていく。

翌年十月には、「かすがのに　おしてるつきの　ほがらかに　あきのゆふべと　なりにけるかも」の歌碑（図49）が建てられた。建

（図48）随筆『渾齋随筆』

（図49）東大寺観音院の庭上にあった歌碑
（現在は春日大社萬葉植物園にある）

碑の費用は八一の自費だが、諸事はすべて門下の彫刻家奥田勝があたり、八一自身大変気に入ったという。

還暦以後の八一の文芸は、周囲に高く評価されたことで、歌人や書家としての名声がようやく確立した。

出征する門下生と歌集『山光集』刊行

昭和十六年（一九四一）十二月八日、日本はマレー、ハワイに出撃、アメリカとイギリスに宣戦布告し、これが太平洋戦争の幕開けとなった。

このころ、早稲田大学の学生のなかで応召入隊する者が相次ぎ、八一は学生たちの身の上を案ずる短歌を詠うことが多くなっていった。

翌年の三月、八一は「新に召に応ずる人に」と題して次の歌を詠んでいる（昭和十九年刊行の歌集『山光集《さんこうしゅう》』に収録）。

いくとせの　おほみいくさを　かへりきて
　またよみつがむ　いにしへのふみ
（大意：何年もの天皇陛下のなされる雄大な戦争から生きて
　　帰り、また共に読み続けよ、いにしえの書物を）

志半ばで出征した学生に生きて帰り、再び学問を続けよという八一の切なる願いが歌に込められている。

八一の門下生の一人、小林正樹（映画監督）が昭和十七年一月に出征した。小林は早稲田第一高等学院の学生時代から八一の教えを受けていたが、早稲田大学文学部哲学科に進学してからも、八一のもとで東洋美術史を学んだ。特に仏像を実感として捉えるよう強く指導され、その方法として篆刻を勧められたという。小林は、次のように八一の教えを追想する。

「仏像というのは中国の漢時代までさかのぼらないとわからないといわれています。さらに、そういう仏像彫刻の線、衣の線や顔の線を理解するには、同じ時代の印から入らないとわからないですね。漢時代の印を実際に見ていると、美しさ、線の強

會津八一（左）と小林正樹

さをすごく感じる。実際に印鑑というものは中国の漢時代が一番いいとされています。そういうものが朝鮮を通じて飛鳥時代に繋がってくる。ですから大陸の東洋美術をやらないと、日本の美もわからないのです」（『映画監督　小林正樹』（小笠原清　梶山弘子編・岩波書店、平成28年）

要するに、八一はグローバルな視点で、仏像を信仰の対象というよりも芸術として把握することを小林たちに教示したのである。小林は、入営してからも篆刻の道具を携えた。そして過酷な軍隊生活を送るなかで、印を刻むと八一への限りない郷愁を感じ、明日への希望を持ち続けたという。

学徒兵となった八一の門下生に金田弘（詩人）もいた。金田も小林と同じ早稲田大学文学部で哲学を専攻し、八一の教えを受けた。昭和十八年十月、金田は八一の最終講義を受講した際、ノートに講義内容を認めた。この中で、八一は「美術の本質は永遠なる感動である。現代の芸術家は現代の人間世界に、その永遠なる感動を与えることこそ任務である。（中略）戦争は戦争である。戦争的題材

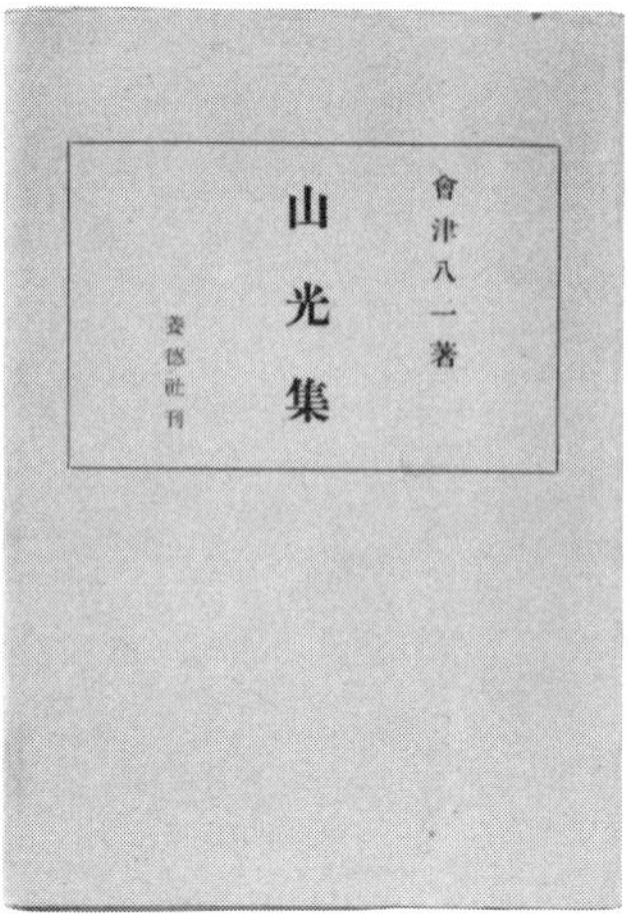

（図50）歌集『山光集』

をもって、戦争に迎合することは堕落である。大根を描いても、その真実性によって戦争画たり得ないことはない。しかし、この場合、芸術家が戦争に対して超然的であるものだ」（金田弘「わが師會津八一の眼光」『秋艸』四号・平成二年）と述べており、戦争に対する批判精神が窺われる。

また、金田は最後の奈良研修旅行の途中で八一に別れを告げた時、八一から「死んではいかん、必ず生きて帰れ、大学へ戻り学問を続けるんだ」と振り絞るような声で、無事生還するよう懇願されたという。

翌年の昭和十九年（一九四四）九月、八一は歌集『山光集』（図50）を刊行する。この歌集では、戦争の悲惨さを憂い、出征する学生らへの想いや時局にふれた描写、生活の歌など、戦時中の時代背景に投影された短歌が多く収録されている。

一方では戦時下でありながら、超然として奈良の古美術や草花を詠じたり、時には中国古代の文人のような反俗性を想わせる短歌も詠ったりした。大政翼賛という国策に迎合した文学報国会や大日本

（図51）毎日新聞社の飛行機に搭乗中の八一

歌人協会などにはいっさい加わらず、独自の境地で歌を詠み続けたのだった。

八一は戦争を賛美せず、己の信じる芸術と学問をやり遂げる意思を貫き通した。その姿勢は、出征していった小林や金田らに生きる希望を与えたともいえよう。

【疎開と晩年】

新潟へ疎開

昭和二十年（一九四五）六十四歳の時、八一は四月二日に早稲田大学に辞表を提出する。同月十四日早晩に空襲で自宅（東京都淀橋区下落合、通称目白文化村秋艸堂）が炎上し、万巻の書物や骨董品などすべてを焼失した。同年四月三十日、毎日新聞社の写真部長三浦寅吉の計らいで同社の飛行機に搭乗し、新潟へ帰郷（図51）。その後、一足早く新潟に帰っていた病身の養女きい子と、新潟県北蒲原郡中条町（現胎内市）の丹呉康平宅に疎開する。

冒頭（8㌻）にも記したように、丹呉家は八一の父政次郎を、早世した母に代わり養育してくれた家である。八一も学生時代から訪問し親戚づきあいをしていたため、生家をも失った八一が疎開先として丹呉家を頼ったと思われる。

五月、丹呉家で次の二首を詠んでいる。

かどにはの　いしゐのしみづ　あさにけに（註12）
くみけむちちの　わかきひをおもふ
（昭和二十二年刊行の歌集『寒燈集《かんとうしゅう》』「柿若葉」に収録）
（大意：門に近い庭の井戸水を朝も昼も汲んでいたであろう
父の若い日のことを思うよ）

八一は、丹呉家で暮らしていくうちに、亡き父の若き姿が脳裏によみがえったのであろう。

ふるさとの　このますずしも　いにしへの
おほきひじりの　からうたのごと（同）

（註12）

「あさにけに」は、「朝に日に」、つまり「朝も昼も」または「いつも」という意。

（大意：故郷の木の間はなんと涼しいことか。まるで、いにしえの偉大な詩人李白の唐詩のようだ）

八一の自註には「その頃疎開の身に携へたるは、東京を發する時、人のくれたる李太白集一帙あるのみにて、それをとりて愛誦《あいしょう》し居たれば、ここに「おほきひじり」とよみたるも、おのづから此の人をさしたるなり（後略）」とある。八一は東京をたつ際に、知人から李白の詩集を譲り受けたという。

丹呉家の庭上には新緑の樹々に囲まれた茶室・聴泉亭があった。池に落ちる泉水の音、野鳥の鳴き声などを耳にしながら李白の詩集を愛誦していると、とても爽やかな気持ちになり、まるで李白の詩の世界にいるようだと感動して詠んだのである。

思えば疎開する約一カ月前、Ｂ29の大編隊が東京を襲い、目白一帯も火の海となった。八一ときい子は、戦火の中をくぐり抜けて命からがら故郷新潟に帰ってきた。その後、丹呉家に疎開してようやく心身とも落ち着いてきたのだろう。このころの歌には八一の安堵した心情が表れている。

(図52) 養女・きい子

養女・きい子の死とその後

ところが、六月以降、養女きい子(図52)の病状が急激に悪化する。きい子は、八一の弟・高橋戒三の妻の妹にあたる。昭和八年(一九三三)ごろ、八一の身辺の世話をするため同居することになった。

昭和十六年十一月から一年半、八一ときい子のお手伝いとして一緒に生活した坂井子《ね》イ氏は、「きい子様は清楚な感じでいつも白い割ぽう着姿でした。會津先生の秘書役、来客の応待、先生の原稿の浄書と校正、良き相談相手など、実に先生の身辺のお世話をきめ細かく配慮をされていた」という。この献身的な支えが功を奏し、八一は東洋美術史研究に邁進し、加えて歌人、書家としての名声を高めていった。だが、ひ弱な体質のきい子は衰弱の一途をたどっていく。

中条町(現胎内市)での疎開生活を、きい子は六月十四日から七月七日まで日記に書き留めている。これによると、結核に侵され、迫りくる「死」を冷静に受け止めている。さらに、亡くなる三日前の日記には「既に死を覚悟したるも弱々ながら脈あり…年を重ね月日を重ねる毎日に恩になる事のみ多し。果して恩返しが出来るものなりや」と記している。文字に力がなく乱れているが、お世話になった人々への感謝の念を記したきい子の心情に、深い感動を覚える。

戦前から終戦にかけて青春時代を會津家で過ごしたきい子。結婚という幸せを追わず、気難しい八一を支えたものの、昭和二十年七月十日、三十三歳の短い生涯を閉じた。

翌八月、八一はきい子の死を悼み「山鳩」と題して歌二十一首を詠む。この挽歌には、他の歌人にはない長文の序があるのが特徴だ。

「山鳩」の序（註13）では、きい子が八一と暮らす経緯や、戦火を逃れるための帰郷、きい子の病と死、そして荼毘《だび》と一編の悲劇を綴り、短歌ではきい子の死を見届け、ひたすら悲嘆に暮れる。

（註13）
山鳩
きい子もと高橋氏、二十才にして予が家に來り、養うて子となす。よく酸寒なる書生生活に堪へ、薪水のことに當ること十四年、内助の功多かりしは、その間予が門に出入せしものの齊しく睹るところなるべし。もとより蒲柳の質なりしを、幾度か予の大患に侍し、遂に疲勞を以て病因を成したるが如し（後略）

かなしみて　いづればのきの　しげりはに
たまたまあかき　せきりうのはな
（昭和二十二年刊行の歌集『寒燈集』「山鳩」に収録）
（大意：悲しみにくれて家を出ると軒先の緑の茂る葉の中に、ちょうどざくろの真っ赤な花が目に入るのであった）

一年三カ月余りの中条での疎開は、養女きい子の死、そして、丹呉家の私寺・観音堂での独居生活、敗戦前後の混乱と物資窮乏で、生涯で最も苦難の時代だった。だが、きい子の死の六日後に、八一は丹呉家で地元の重鎮を集めて講演会を開催している。

八一の講演は学識の深さからくる内容といい、ユーモアを交えた巧みな話術といい、定評があった。その後、中条町の人々による文化団体「涵養会」を発足させるなど、八一は中条町で地方文化の啓蒙活動にも取り組むようになる。このような活動の裏には中条町の人々の支えがあったから、逆境を乗り越えられたのだ。

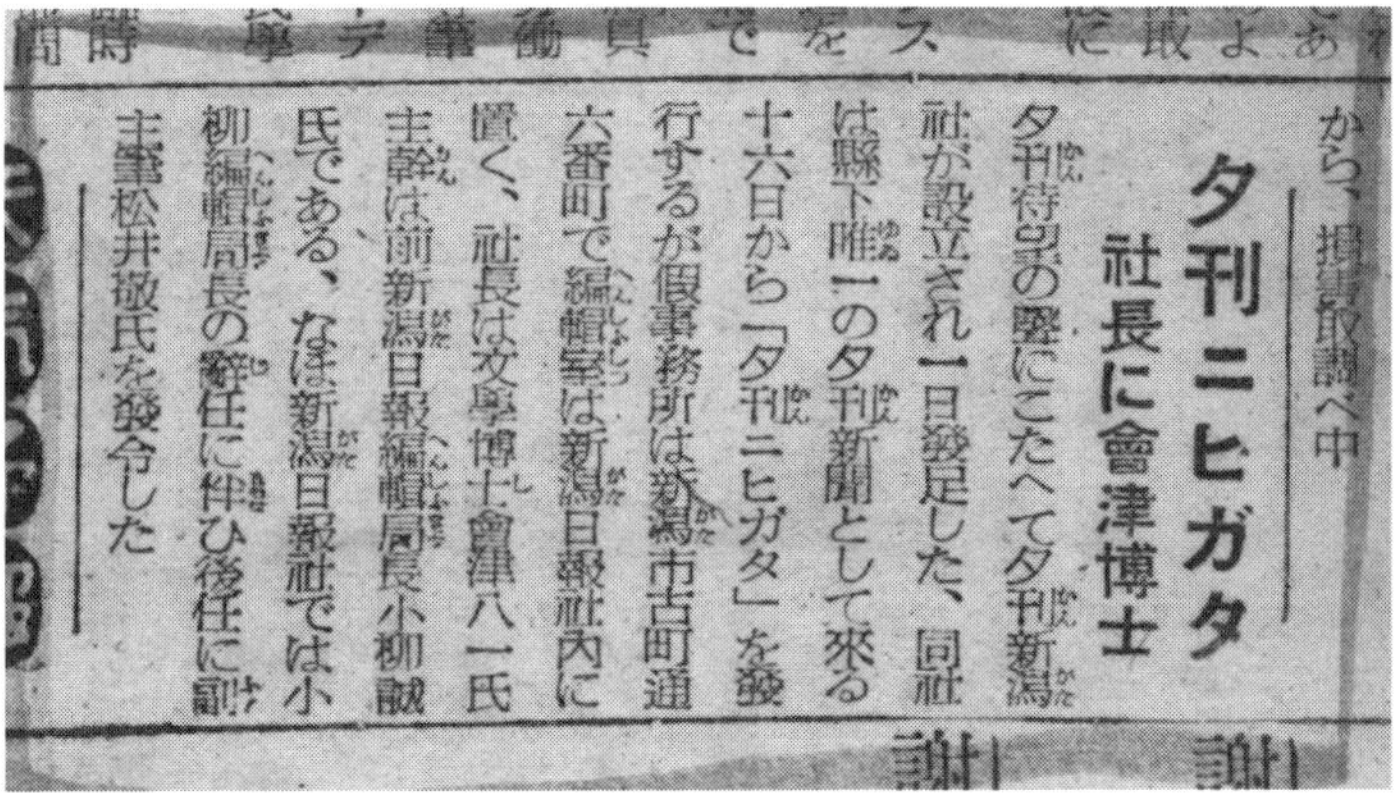
から、掲載取調べ中

夕刊ニヒガタ
社長に會津博士

夕刊待望の聲にこたへて夕刊新潟社が設立され一日發足した、同社は縣下唯一の夕刊新聞として來る十六日から「夕刊ニヒガタ」を發行するが假事務所は新潟市古町通六番町で編輯室は新潟日報社内に置く、社長は文學博士會津八一氏主幹は前新潟日報編輯局長小柳胖氏である、なほ新潟日報社では小柳編輯局長の辭任に伴ひ後任に副主筆松井敬氏を發令した

（図53）『夕刊ニヒガタ』社長就任の記事
『新潟日報』昭和二十一年五月二日付朝刊掲載
（會津八一のスクラップブックより）

『夕刊ニヒガタ』社長と郷土文化振興

昭和二十一年（一九四六）五月一日、八一は六十五歳の時、新潟日報社社長・坂口献吉の懇請により、新聞社・夕刊新潟社の社長に就任する（図53）。同年五月十六日の『夕刊ニヒガタ』（昭和二十二年から『夕刊ニイガタ』に変更）には、創刊にのぞみてと三首の歌が掲載されている。そのうちの一首は、新聞記者への励ましを詠っている。

わがともよ　よきふみつづれ　ふるさとの
みづたのあぜに　よむひとのため
（昭和二十六年刊行の『會津八一全歌集』に収録）

（大意：わが友の社員諸君よ、心を込めてよい新聞を作れ、このふるさと越後の、水田の畔で読む人のために）

戦後八一は、大学への復帰、東京、鎌倉へ移住することも考えていた。しかし同年四月三十日付の親戚・瀬尾貫二に宛てた書簡（註

14）によると、郷土文化の振興と自らの仕事、つまり文芸活動を完成させるために新潟で晩年を送ると述べている。おそらく中条町で地方文化の啓蒙活動に取り組んだことが契機だったのではないだろうか。

　同年七月二十五日、疎開先の中条町から新潟市南浜通の大地主伊藤文吉の別邸（現北方文化博物館新潟分館）に転居する。その後、従弟中山後郎の娘蘭（図54）が八一の身辺の世話をするようになり、三年後には八一の養女となった。八一の晩年十年間は、郷土文化の啓発活動に邁進することになる。

　新聞『夕刊ニイガタ』や『新潟日報』に掲載した記事は三十四本確認できる。このうち『夕刊ニイガタ』では新発田市出身の歌人原宏平を取り上げた「原宏平大人」や五泉市出身の歌人式場麻青をテーマにした「麻青居士」、新潟日報社賓になってからも、『新潟日報』には「文化の自覚」、「文化の反省」、「街上の文化」と、新潟の文化についての批評も論じている。

　講演やラジオ出演は二十五回以上に及ぶ。このうち、昭和二十二

（註14）
「拙者五月より新潟日報社の別動隊なる夕刊新潟社の社長たらんことを懇望せられ、承諾致しおき候（中略）。早稲田大學は休職の如き形となり居り、復帰を勧め來れども、故郷文化の振興と自己の仕事の完成のためには、寧ろ新潟地方に晩年を送る方が遙に有意義と存じ候」

（図54）養女・蘭

八一書『新潟日報』題字
（新潟日報社提供）

年（一九四七）六月三日、旧制新潟高校の講堂で深い郷土愛に満ちた講演を行なっている。

その中では、八一が十九歳の時、当時俳壇で活躍していた正岡子規に向かって意見したことを誇らしげに語っている。それは、江戸時代の俳人松尾芭蕉が越後で詠んだ有名な一句「一つ家に遊女も寝たり萩《はぎ》と月」の結句を、後に自ら「荻《おぎ》と月」と手紙で書き換えたことに、子規が雑誌『ほとゝぎす』で疑問を呈したことがきっかけだった。故郷越後の海岸の植生を熟知している八一は、芭蕉が修正した通り、あくまで「萩」ではなく、「荻」が正しいと異論を唱えたのだった。

さらに八一は「平凡なる砂丘と平凡なる水田の連続も越後人が祖先以来長い間その中に育つて来たところの自然的条件なのだから、さういふことに全然無関心で、そして東京に住んでゐた芭蕉といふ大家が地方を遊歴して来て作つたものを、東京に住んでゐる学者（子規）の説明をきいて『ハアさうか』と思ふやうなことでは私はいかんと思ふ」と強調する。また「諸君も諸君の郷土に住まわれる喜び、郷土の人となれる感覚、それをもう少しそそり立てて意義のある生

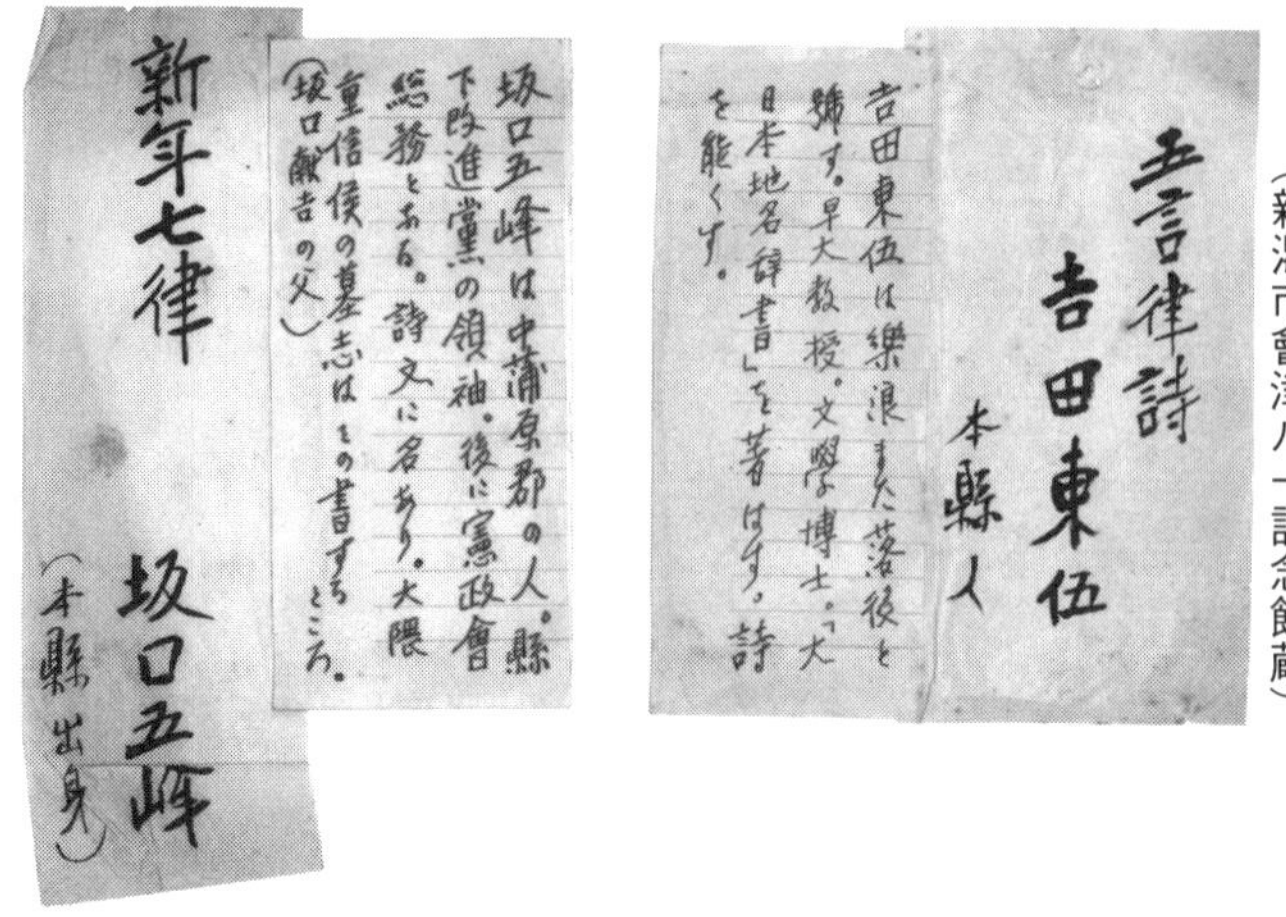

（図55）「北越名流書画展」に出品した八一の作品解説文
（新潟市會津八一記念館蔵）

活にお移りになるように、私は切に希望してやみません」と締めくくっている。そこには、八一が新潟の人々に対し、郷土の風土にも目を向けてほしいと訴えるほど、郷土への愛情が込められている。

また、地元新潟で開催する展覧会の企画には五回以上携わっている。このうち、昭和二十五年（一九五〇）北方文化博物館主催の良寛没後百二十年祭記念「良寛展」の顧問となり準備の指揮を執った。五年後の昭和三十年（一九五五）二月には「北越名流書画展」を自ら企画。越後が生んだ文人画家・歌人などの墨蹟を紹介したもので、館柳湾、市島謙吉、坂口五峰、吉田東伍、五十嵐浚明、富取芳斎、長井雲坪、良寛、巻菱湖らの作品を出陳した。この展覧会では、八一自ら出品交渉、荷造り、作品名の揮毫（図55）、解説文作成、展示作業などをすべてこなしたという。

晩年の八一は新聞、講演、展覧会を通じて新潟の偉人や文化の現状を取り上げて郷土文化を市民に根づかせようと労を惜しまなかった。このような文化振興の活動が認められて、昭和二十六年には新潟市名誉市民第一号に推戴されている。

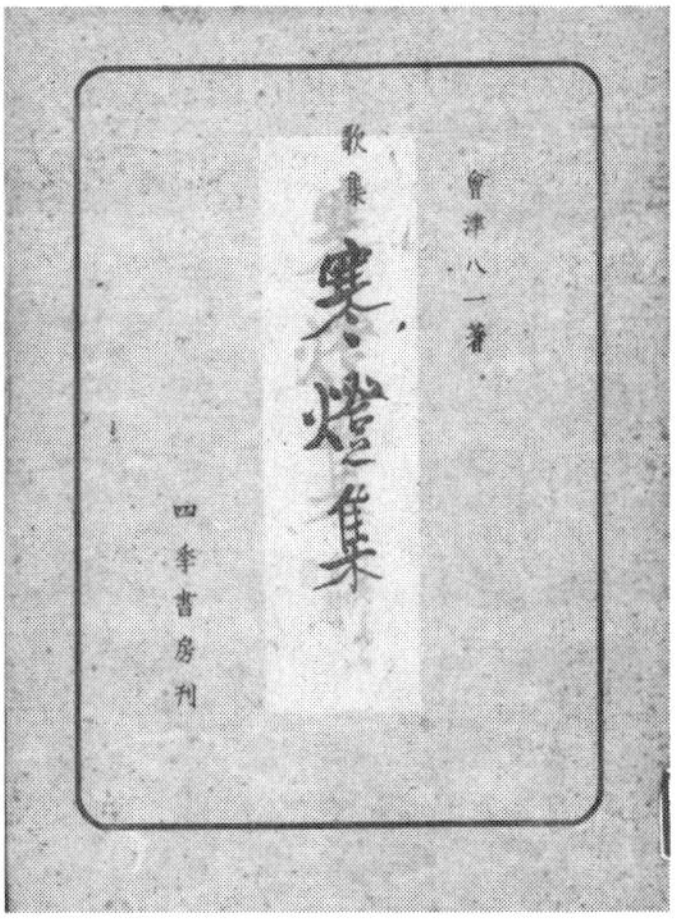
(図56) 歌集『寒燈集』

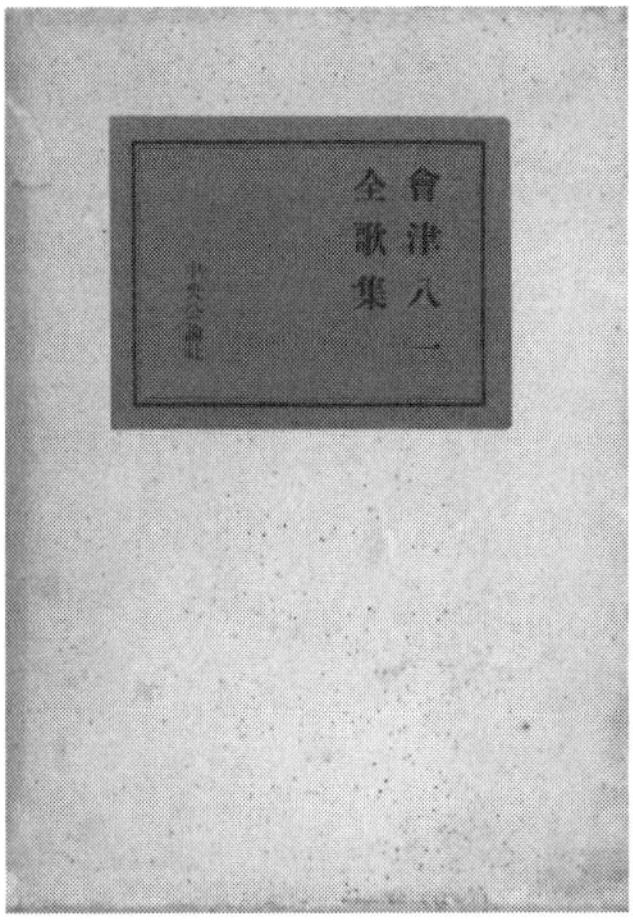
(図57)『會津八一全歌集』

「自己の仕事」の完結
─歌集の出版と歌会始─

前出の郷土文化の啓発活動のほかに、晩年の八一は、自己の仕事の完結にむけて精力的に文芸活動にも取り組んでいく。このうち三冊の歌集の出版と歌会始に注目してみたい。

まず、昭和二十二年(一九四七)四月に歌集『寒燈集』(図56)を四季書房から刊行する。この歌集は、昭和十九年六月から二十一年十二月までの間に詠んだ「閑庭」「銅鑼」「鉢の子」「山鳩」「観音堂」など二一二首の歌を収録。戦中、戦後の窮乏の中から生まれたこれらの歌は、奈良に没入していたころの歌とは異なる現実認識の厳しさがある。

つぎに、昭和二十六年(一九五一)三月、『會津八一全歌集』(図57)を中央公論社から刊行する。『鹿鳴集』『山光集』『寒燈集』の既刊三冊にその後の四十八首を加えた歌を収録している。

この歌集には画期的な変革の試みがなされ、かな表記の歌を品詞

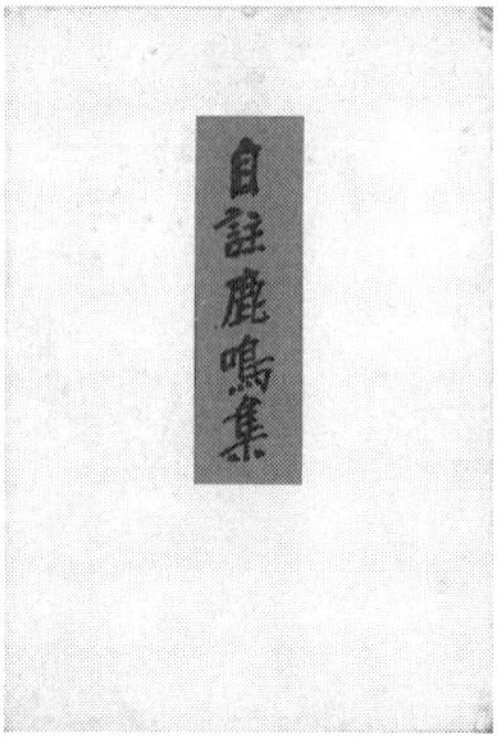

（図58）『自註鹿鳴集』

（図59）宮中歌会始（昭和二十八年二月）

ごとに区切った。八一は従来かな表記のみで歌を綴っていたが、一般の人々には読みにくいことに気づき、品詞ごとに一字あける独特の区切法を生み出したのである。

なお、同年五月、『會津八一全歌集』は第二回読売文学賞を受賞。選考委員の折口信夫《おりくちしのぶ》は「豊潤な古調」と評している。

最後に、昭和二十八年（一九五三）十月、『自註鹿鳴集』（図58）を新潮社から刊行。収録した三七一首に自ら註釈を付記している。歌は『會津八一全歌集』同様に品詞切れで表記している。さらに歌の註釈は八一でなければ書けない文法、語彙、史実、宗教、伝説、地理、歴史、風俗、美術史など幅広い学識をあわせもっている。このような自註入りの歌集に現在も愛読者が多い。最晩年の八一が心血を注いで執筆した『自註鹿鳴集』は、八一の学芸の集大成として高く評価されている。

また『自註鹿鳴集』刊行前の同年二月、八一は敬愛する天皇陛下の前で自詠歌を披露する機会に恵まれた。宮中歌会始の儀に、八一は召人として臨席したのである（図59）。その年の御題は「船出」

（図60）八一書《ふなびとは》（新潟市會津八一記念館蔵）

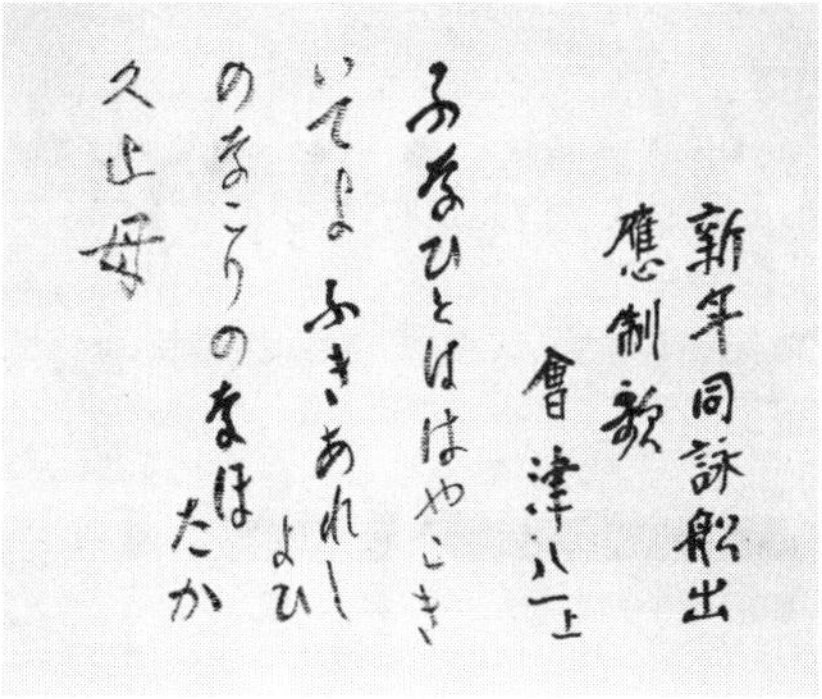

八栗寺鐘銘（昭和三十二年完成）

であった。このとき詠んだ歌は、

ふなびとは　はやこぎいでよ　ふきあれし
よひのなごりの　なほたか久止母《くとも》（図60）

（大意：船人たちよ、早く漕ぎ出そう、吹き荒れた昨夜の波
がまだ高くあろうとも）

この歌は太平洋戦争の痛手から立ち上がろうとする国民の姿を、荒海に船出する人々の勇姿に重ねて詠んだ激励の一首である。

廃墟からの新たな創造、苦難をバネにして以前よりももっと価値あるものを創り出そうする八一の人生観がよく表れた歌といえる。

八栗寺鐘銘と楷書嫌い

昭和三十年（一九五五）十月、七十四歳の時、八一は香川県高松市の八栗寺の梵鐘に鋳込む歌と揮毫を依頼された。四日がかりで作ったという自信作で、生涯最後となった。

（註15）「のり」は「仏の教え」
「みために」は御為（おため）の古語で、「そのため」という意。

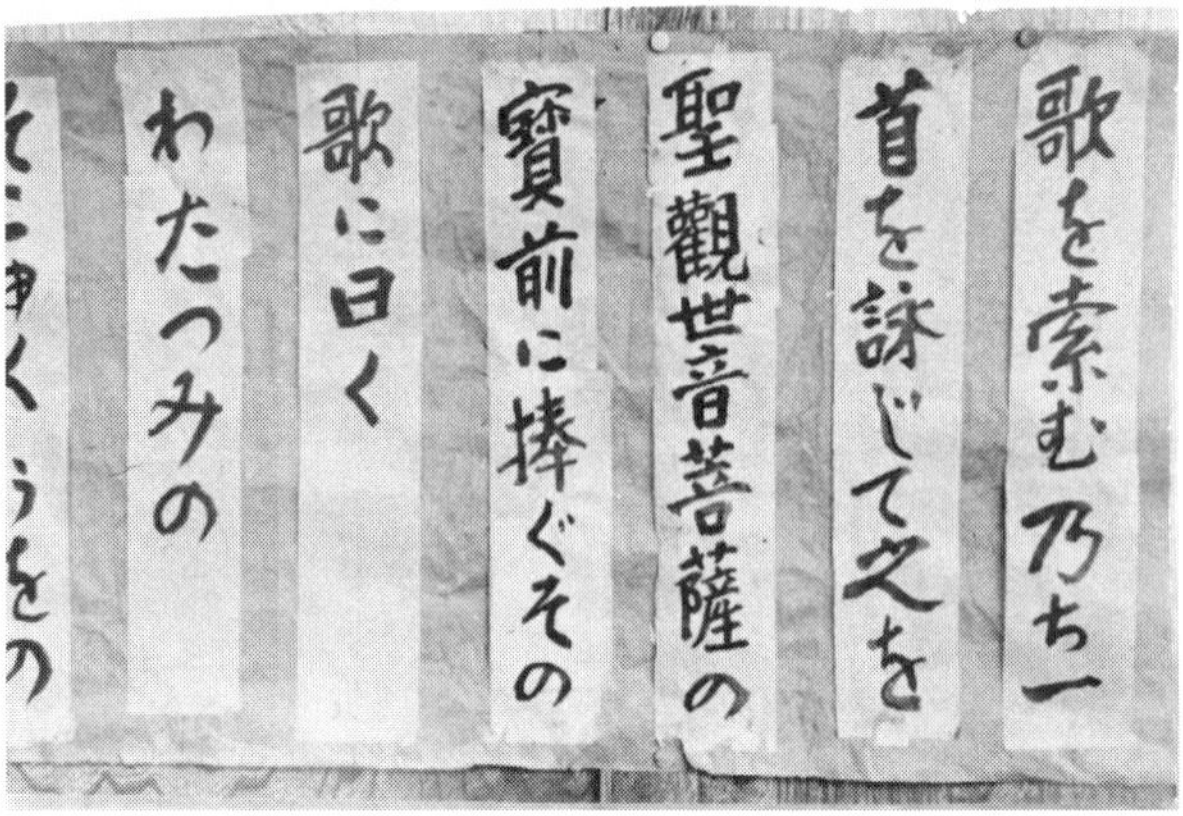

（図61）八栗寺鐘銘の原稿写真（八栗寺蔵）

五剣山八栗寺の　鐘は戰時供出し　空しく十餘年を
經たり今ここに　昭和卅年十一月　龍瑞僧正新に之
を鑄むとし余に　歌を索む乃ち一　首を詠じて之を
聖観世音菩薩の　寶前に捧ぐその
歌に曰く
わたつみの　そこゆくうをの　ひれにさへ
ひびけこのかね　のりのみために（註15）
秋艸道人
（大意：海底を泳ぐ魚のひれにまで響き渡れ、八栗寺の鐘よ、
み仏の教えのために）

八栗寺は、香川県高松市の瀬戸内海に近い場所にある。歌は寺の立地場所を踏まえて、海底の魚のひれにまで鐘の声が響けとうたう。

八一の随筆「八栗寺の鐘」（『新潟日報』昭和三十一年一月一日付）に

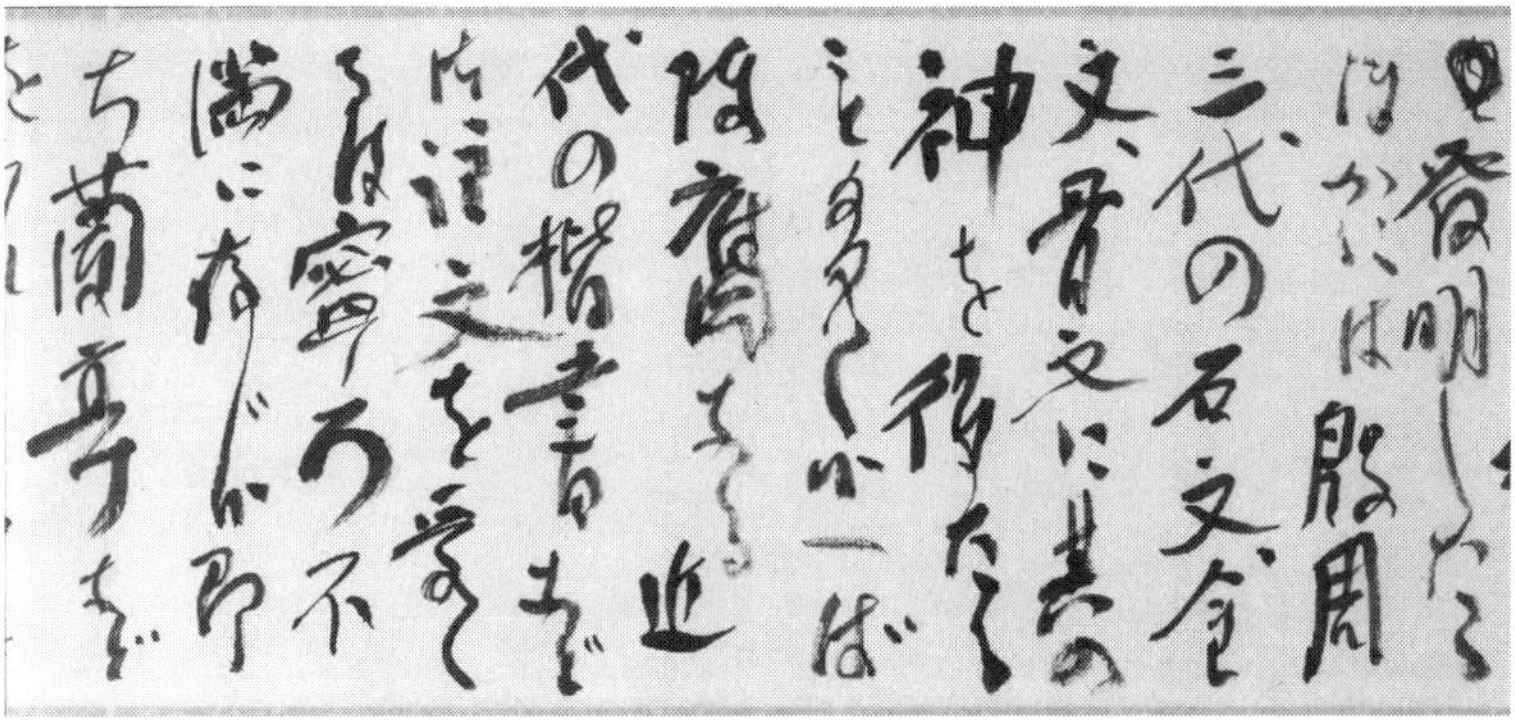
（図62）會津八一書簡中田瑞穂宛・部分（新潟市會津八一記念館蔵）

よると、これまで石碑の文字を書いたことはあったが、今度は文字を型に彫ってそれを銅で鋳造する初めての体験だったため、喜んで揮毫を引き受けたという。

鐘銘の文字は肉太の楷書体で鋳込まれている。それは八一が得意な行書体で揮毫すると、鋳込む際に字画が加工されて崩れるかもしれないと考えたから、明瞭に読める書体として楷書体を選び揮毫せざるを得なかったのであろう。また、鐘の下で梵鐘を仰ぎ見る際、読みやすいように詞書《ことばがき》を漢字かな交じりに表記している。しかも語句が行をまたがないように、詞書と歌と落款を十八行にわたって鋳造されている。

鐘銘原稿の写真（図61）を見ると、線を太くしようと書き足したり、さらには、文字の上に紙を貼って再度文字を書き直したところが数カ所ある。初めから全文を書き直す気力がなかったのか、あるいは字形と配置にこだわったのだろうか。八一の苦心が窺われる。

原稿が完成した直後、昭和三十年十二月二十六日付の中田瑞穂（友人であり、主治医）に宛てた書簡によると、八栗寺の鐘銘の揮

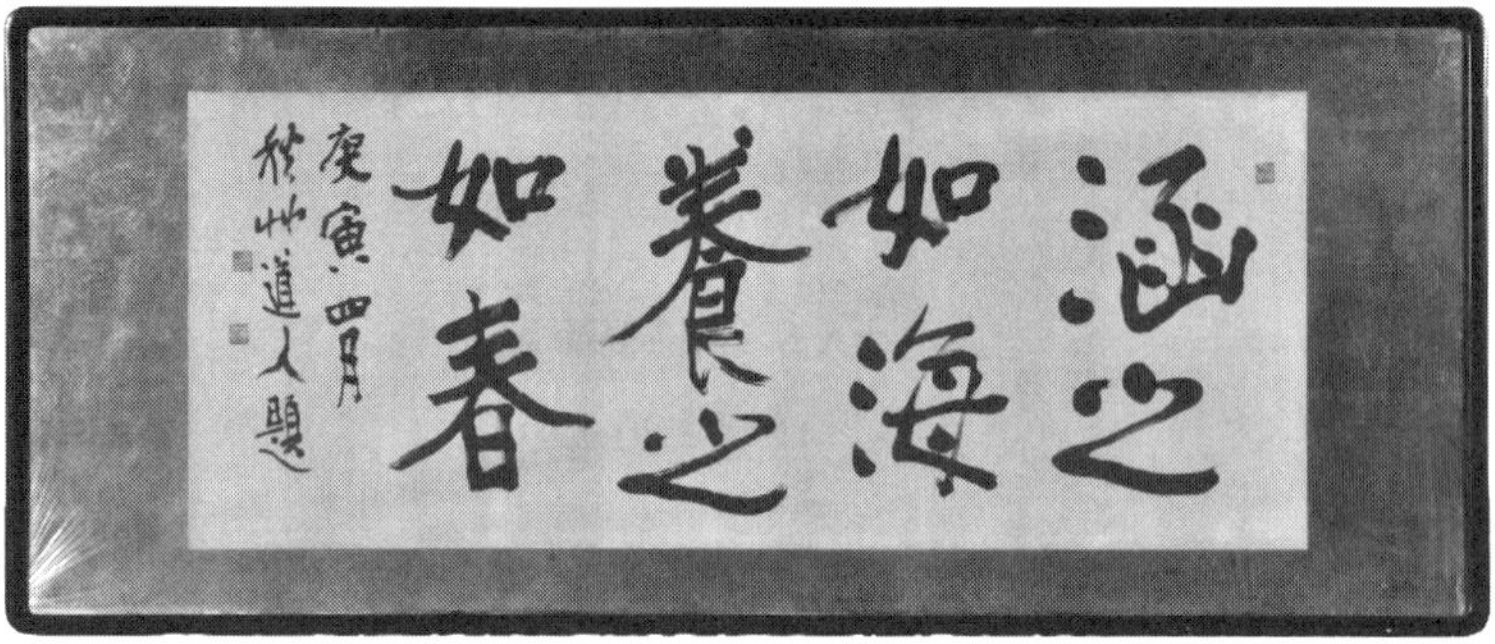

（図63）八一書《涵之如海》
（新潟市立万代長嶺小学校蔵）

毫に大変苦労したこと、揮毫した際に体調を崩したこと、それは少年時代から嫌いな楷書で揮毫した祟《たた》りではないかとも記している。

またこの書簡では八一自身の書論も展開されている（図62）。以前、中田から楷書の書幅を書いてほしいと依頼され、一旦は了解したものの、翻って古代中国の石や青銅器、骨などに刻まれた文字から神髄を学んだ自分にとって「近代の楷書は陳腐」と強い調子で揮毫を断っている。

たしかに、八一の書幅作品は行書体を主体としている。だが一方では、多くの人の目に触れる場所に掲げる扁額（図63）、表札、看板をはじめ、石碑や題字などには楷書体を用いた墨蹟もある。書は実用性を兼ねた芸術であり、誰もが読める文字でなくてはならないという八一の理念が根底にあるからだろう。

八一が中田に楷書の揮毫を断ったのは、八栗寺の鐘銘の原稿を嫌いな楷書で書いたために、非常に苦労したからである。加えて、八一の書は中国古代の篆書体と隷書体の深くて重厚な線を会得して生み出された文字だったことから、近代の平凡でつまらない楷書と同

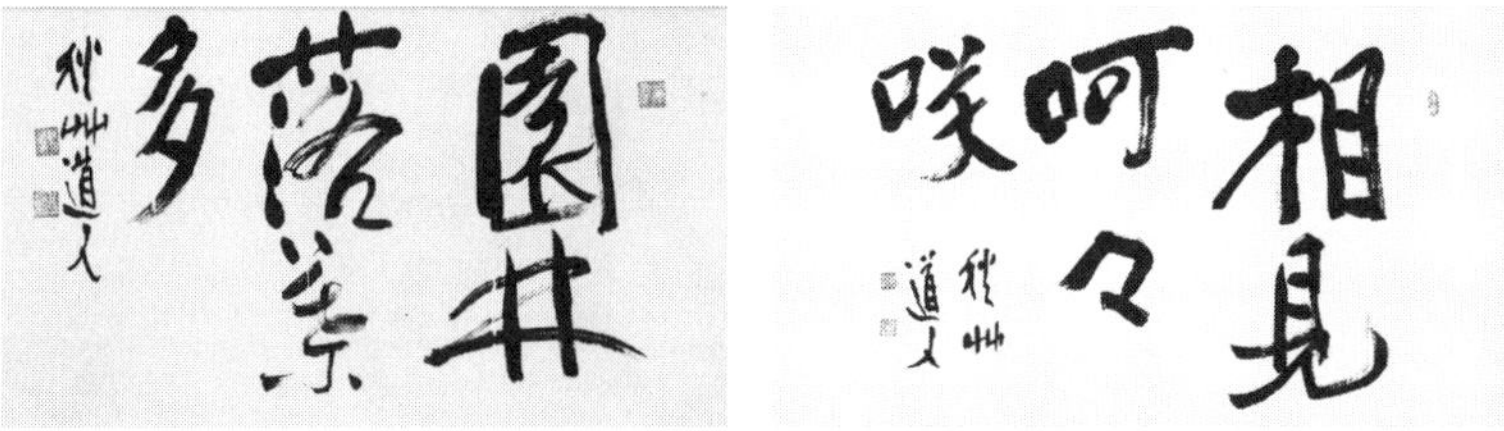

（図64）八一書・絶筆（新潟市會津八一記念館蔵）

類にしないでほしいという、中田への反発もあったのではないだろうか。

「會津八一を知らんか」

八栗寺の鐘銘を揮毫した直後から八一は体調を崩し、年明けの昭和三十一年（一九五六）には心身の衰えがいっそう著しくなった。八一の主治医でもあった中田瑞穂は「大分動脈硬化が強くなったのか、記憶力はおとろえ、脈の欠滞が著しくなり、頭も体もはっきりしないで仕事のあとで屢々《しばしば》床につかれるようになった」と語っている。

しかし徐々に体調が回復し、制作の意欲が湧いたのだろうか。同年八月一日、八一の七十五回目の誕生日に、新潟市の萬松堂書店の画廊で、生前最後の個展を開いた。また、気分の良い時に「相見呵々咲」「園林落葉多」（図64）を揮毫した。大意は「顔を見合わせ、

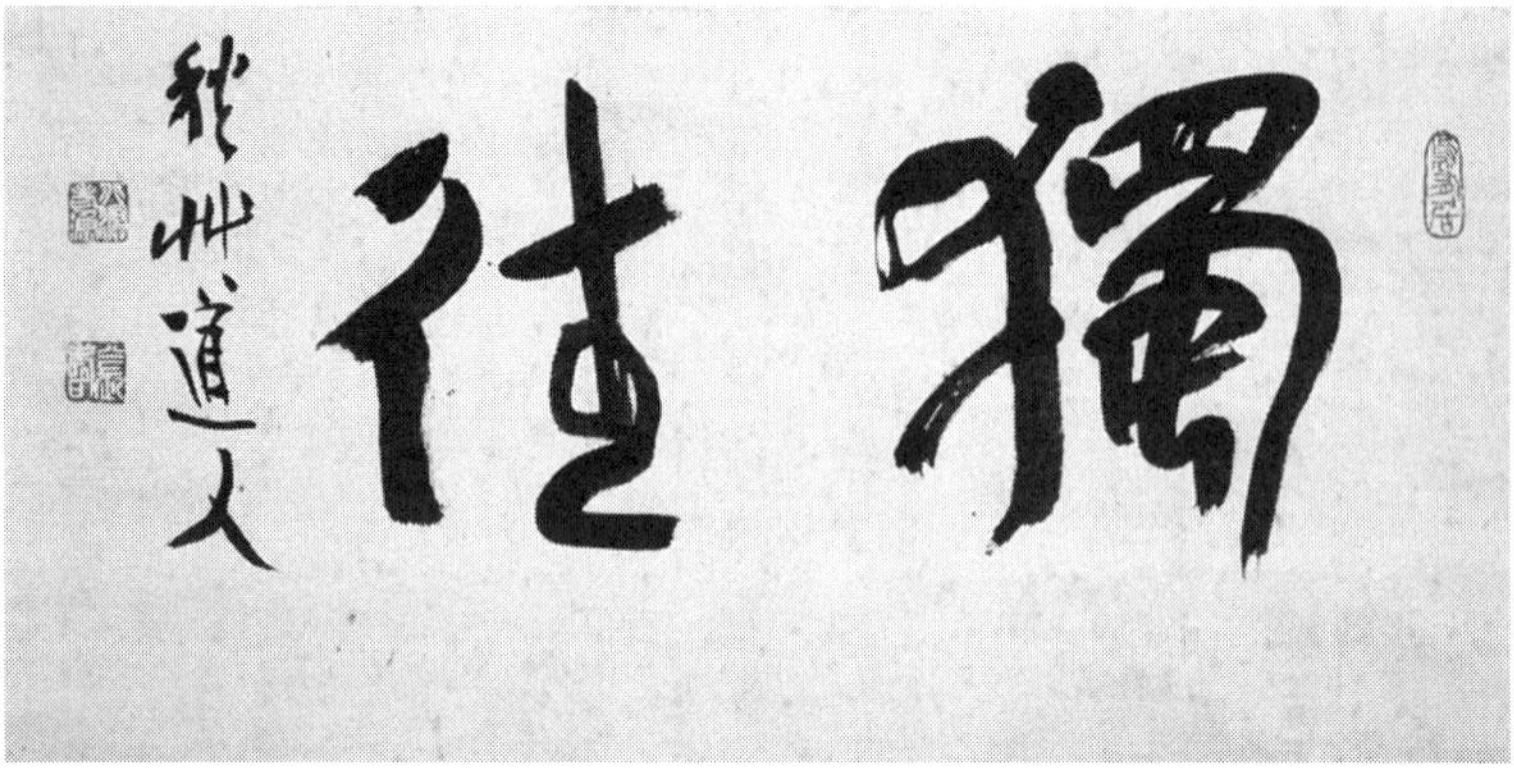

（図65）八一書《獨往》（新潟市會津八一記念館蔵）

無事を喜び高らかに笑った。見れば境内の林には落葉が多い」。最晩年の八一の心情と重なる作品で、これが絶筆となった。

揮毫後、ふたたび八一の体調は悪化し、心配で見舞いに来た門下生らに「我儘《わがまま》なわしだったが、皆本当によくつくしてくれた。わしが今日まであるのは、よい弟子のお蔭だった。わしの厳しさに耐えて、それぞれ立派になってくれた。嬉しく思っている」（『秋艸道人會津八一の生涯』植田重雄著・恒文社・昭和六十三年）と、門下生への惜別の言葉として感謝の意を述べたという。

その後、十一月十六日、胃潰瘍で吐血、新潟大学付属病院に入院した。心臓動脈瘤が悪化し、脳軟化症（脳梗塞）も進行、呼吸困難も加わった。一時は小康状態となったものの、二十一日の夕方から容態は急変した。一度は「會津八一を知らんかっ」と大声を発したというが、冠状動脈硬化症により午後九時四十八分永眠。「独往」（図65）の道を貫いた七十五年の人生に幕を閉じたのである。

戒名は自撰の「渾齋秋艸道人」。二十五日、新潟市西堀の菩提寺・瑞光寺で葬儀が営まれ、十二月十一日、早稲田大学大隈小講堂で東

（図66）瑞光寺にある八一の墓

（図67）現在の新潟市會津八一記念館

京の告別式が行われた。

八一の墓は瑞光寺（図66）のほかに、東京都練馬区関町の法融寺に分骨、墓碑が建てられた。さらには、八一が「われ奈良の風光と美術とを酷愛して、其間に徘徊することすでにいく度ぞ。遂に或は骨をこゝに埋めんとさへおもへり」（『南京新唱』自序）と憧れていた地、奈良・唐招提寺の歌碑の下にも分骨されたのであった。

八一の死から十九年後の昭和五十年（一九七五）四月一日、八一の業績を広く市民に伝えるため、現在の新潟市中央区西船見町に會津八一記念館が開館。平成二十六年（二〇一四）八月一日には同区万代の新潟日報メディアシップ五階に移転した（図67）。令和七年（二〇二五）で開館五〇年を迎えた會津八一記念館は、八一の芸術に触れることで、新たな発見ができる文化施設を目指している。

全国にある會津八一の自詠自筆歌碑・鐘銘分布図

令和6年7月現在（うち活字1基）

・新潟県立図書館歌碑（昭和25年8月1日）
・北方文化博物館新潟分館歌碑（昭和30年11月）
・市島邸歌碑（昭和45年3月29日）
・新潟県立新潟高校歌碑（昭和47年10月12日）
・太總寺歌碑（昭和53年11月21日）
・旧會津八一記念館歌碑（昭和56年4月25日）
・丹呉家歌碑（昭和58年11月20日）
・千歳大橋歌碑（昭和60年5月）
・會津八一生家跡歌碑（昭和61年11月15日）
・瑞光寺歌碑（平成元年6月4日）
・西海岸公園歌碑（平成元年10月22日）
・個人宅歌碑（平成5年12月）
・浦山公園歌碑（平成8年3月2日）
・西海岸公園歌碑〈奈良・中宮寺姉妹歌碑〉（平成23年7月4日）
・柴橋庵歌碑（平成27年7月10日）
・新潟日報メディアシップ歌碑（平成28年10月31日）

・四天王寺聖霊院歌碑（昭和59年9月）
・千里南公園歌碑（昭和62年5月）
・観心寺歌碑（令和2年9月23日）

・宇原文学の森野外文学館歌碑
（昭和56，7年頃）

・法界院歌碑3基（昭和63年4月）

八栗寺鐘銘

・八栗寺鐘銘（昭和32年10月6日）

・片江風致公園歌碑
〈旧日本文学碑公園
歌碑〉
（昭和35年）

・木葉村歌碑
（平成8年10月15日）

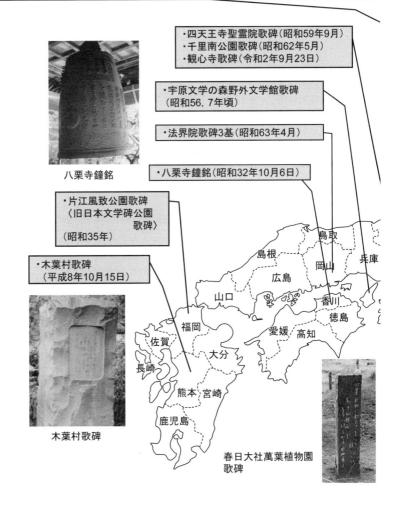

木葉村歌碑

春日大社萬葉植物園
歌碑

全国にある會津八一の自詠自筆歌碑・鐘銘一覧

令和６年７月現在
（うち活字１基）

【新潟県内】16基

	歌碑名	碑面の歌（落款を除く）	建立年月日	所在地
1	新潟県立図書館歌碑	みやこべを　のがれきたれば　ねもごろに しほうちよする　ふるさとのはま	昭和25年8月1日	新潟市中央区女池南3-1-2
2	北方文化博物館新潟分館歌碑	かすみたつ　はまのまさごを　ふみさくみ かゆきかくゆき　おもひぞわがする	昭和30年11月	新潟市中央区南浜通2番町562
3	市島邸歌碑	みちのへの　をぐさのつゆに　たちぬれて わがおほきみを　まちたてまつる くにみすと　めぐりいまして　しなさかる こしのあらぬに　たたすけふかも いねかると　たなかにたてる　をとめらが うちふるそでも　みそなはしけむ	昭和45年3月29日	新発田市天王1563
4	新潟県立新潟高校歌碑	ふなびとは　はやこぎいでよ　ふきあれし よひのなごりの　なほたか久止母	昭和47年10月12日	新潟市中央区関屋下川原町2-635
5	太總寺歌碑	ひそみきて　たがうつかねぞ　さよふけて ほとけもゆめに　いりたまふころ	昭和53年11月21日	胎内市西条町1-74
6	旧會津八一記念館歌碑	おりたてば　なつなほあさき　しほかぜの すそふきかへす　ふるさとのはま	昭和56年4月25日	新潟市中央区西船見町5932-561
7	丹呉家歌碑	ふるさとの　このま涼しも　いにしへの おほきひじりの　からうたのごと	昭和58年11月20日	胎内市西条
8	千歳大橋歌碑	よをこめて　あかくみはなち　おほかはの このてるつきに　ふなですらしも	昭和60年5月	新潟市中央区新光町
9	會津八一生家跡歌碑	ふるさとの　はまのしろすな　わかきひを ともにふみけむ　ともをしぞおもふ	昭和61年11月15日	新潟市中央区古町通5番町
10	瑞光寺歌碑	ふるさとの　ふる江のやなぎ　はがくれに ゆふべのふねの　ものかしぐころ	平成元年6月4日	新潟市中央区西堀通3-797
11	西海岸公園歌碑	みゆきつむ　まつのはやしを　つたひきて まどにさやけき　やまがらのこゑ	平成元年10月22日	新潟市中央区西船見町
12	個人宅歌碑	おほてらの　かべのふるゑに　うすれたる ほとけのまなこ　われをみまもる	平成5年12月	新潟市江南区
13	浦山公園歌碑	あめはれし　きりのしたばに　ぬれそぼつ あしたのかどの　つきみさうかな	平成8年3月2日	新潟市西区浦山2丁目1
14	西海岸公園歌碑（奈良・中宮寺姉妹歌碑）	みほとけの　あごとひぢとに　あまでらの あさのひかりの　ともしきろかも	平成23年7月4日	新潟市中央区西船見町
15	柴橋庵歌碑	やまばとの　とよもすやどの　しづもりに なれはもゆくか　ねむるごとくに	平成27年7月10日	胎内市柴橋1099
16	新潟日報メディアシップ歌碑	わがともよ　よきふみつづれ　ふるさとの みずたのあぜに　よむひとのため（活字）	平成28年10月31日	新潟市中央区万代3-1-1

【奈良県内】20基

17	新薬師寺歌碑	ちかづきて　あふぎみれども　みほとけの みそなはすとも　あらぬさびしさ	昭和17年4月26日	奈良市高畑町1352
18	春日大社萬葉植物園歌碑	かすがのに　おしてるつきの　ほがらかに あきのゆふべと　なりにけるかも	昭和18年秋	奈良市春日野町160
19	唐招提寺歌碑	おほてらの　まろきはしらの　つきかげを つちにふみつつ　ものをこそおもへ	昭和25年中秋	奈良市五条町13-46
20	東大寺歌碑	おほらかに　もろてのゆびを　ひらかせて おほきほとけは　あまたらしたり	昭和25年10月12日	奈良市雑司町406-1
21	法輪寺歌碑	くわんのんの　しろきひたひに　やうらくの かげうごかして　かぜわたるみゆ	昭和35年11月15日	奈良県生駒郡斑鳩町三井1570
22	法華寺歌碑	ふぢはらの　おほききさきを　うつしみに あひみるごとく　あかきくちびる	昭和40年11月3日	奈良市法華寺町882
23	秋篠寺歌碑	あきしのの　みてらをいでて　かへりみる いこまがたけに　ひはおちむとす	昭和45年	奈良市秋篠町757
24	海龍王寺歌碑	しぐれのあめ　いたくなふりそ　こんだうの はしらのまそほ　かべにながれむ	昭和45年	奈良市法華寺町897
25	般若寺歌碑	ならざかの　いしのほとけの　おとがひに こさめながるる　はるはきにけり	昭和45年	奈良市般若寺町221
26	飛鳥園歌碑 (旧日吉館・旧碑)	かすがのゝ　よをさむみかも　さをしかの まちのちまたを　なきわたりゆく	昭和49年4月8日	奈良市登大路町59　飛鳥園
27	法隆寺歌碑 (旧原家)	あめつちに　われひとりゐて　たつごとき このさびしさを　きみはほほゑむ	昭和54年5月16日 (平成26年11月7日法隆寺境内に移設)	奈良県生駒郡斑鳩町法隆寺山内1の1
28	飛鳥園歌碑 (旧日吉館・新碑)	かすがのゝ　よをさむみかも　さをしかの まちのちまたを　なきわたりゆく	平成3年1月15日	奈良市登大路町59　飛鳥園
29	猿沢池歌碑	わぎもこが　きぬかけやなぎ　みまくほり いけをめぐりぬ　かさゝしながら	平成10年7月22日	奈良市橋本町
30	薬師寺歌碑	すゐえんの　あまつをとめが　ころもでの ひまにもすめる　あきのそらかな	平成11年9月19日	奈良市西ノ京町457
31	興福寺歌碑	はるきぬと　いまかもろびと　ゆきかへり ほとけのにはに　はなさくらしも	平成19年3月31日	奈良市登大路町48
32	喜光寺歌碑	ひとりきて　かなしむてらの　しろかべに 汽車のひゞきの　ゆきかへりつゝ	平成22年10月31日	奈良市菅原町508
33	中宮寺歌碑	みほとけの　あごとひぢとに　あまでらの あさのひかりの　ともしきろかも	平成22年11月29日	奈良県生駒郡斑鳩町法隆寺北1-1-2
34	法隆寺iセンター歌碑	うまやどの　みこのまつりも　ちかづきぬ まつみどりなる　いかるがのさと	平成24年9月9日	奈良県生駒郡斑鳩町法隆寺1-8-25
35	上宮遺跡公園歌碑	いかるがの　さとのをとめは　よもすがら きぬはたおれり　あきちかみかも	平成24年11月6日	奈良県生駒郡斑鳩町法隆寺南3丁目16番地
36	法隆寺歌碑	ちとせあまり　みたびめぐれる　もゝとせを ひとひのごとく　たてるこのたふ	平成26年11月7日	奈良県生駒郡斑鳩町法隆寺山内1の1

【その他】15基/1口

37	八栗寺鐘銘	五剣山八栗寺の鐘は戰時供出し空しく十餘年を經たり今ここに昭和卅年十一月龍瑞僧正新に之を鑄むとし余に歌を索む乃ち一首を詠じて之を聖觀世音菩薩の寶前に捧ぐその歌に曰く わたつみの　そこゆくうをの　ひれにさへ ひびけこのかね　のりのみために	昭和32年10月6日	香川県高松市牟礼町牟礼3416
38	法融寺歌碑	むさしのの　くさにとばしる　むらさめの いやしくしくに　くるるあきかな	昭和35年11月21日	東京都練馬区関町東1-4-16
39	風景館歌碑	かぎりなき　みそらのはてを　ゆくゝもの いかにかなしき　こゝろなるらむ	昭和45年7月11日	長野県上高井郡高山村山田温泉3598
40	宇原文学の森野外文学館歌碑	かまづかの　したてるまどに　ひぢつきて よをあざけらむ　とごころもなし	昭和56・7年頃	兵庫県洲本市宇原
41	片江風致公園歌碑（旧日本文学碑公園歌碑）	かすがのに　おしてるつきの　ほがらかに あきのゆふべと　なりにけるかも	昭和35年	福岡県福岡市城南区南片江4丁目41-9
42	四天王寺聖霊院歌碑	うまやどの　みこのみことは　いつのよの いかなるひとか　あふがざらめや	昭和59年9月	大阪府大阪市天王寺区四天王寺1丁目11-18
43	篠島北山公園歌碑	まどひくき　はまのやどりの　まくらべに ひねもすなきし　ねこのこのこゑ	昭和62年2月	愛知県知多郡南知多町篠島浦磯1-88
44	千里南公園歌碑	ひそみきて　たがうつかねぞ　さよふけて ほとけもゆめに　いりたまふころ	昭和62年5月	大阪府吹田市津雲台1-3
45	法界院歌碑	おほてらの　まろきはしらの　つきかげを つちにふみつつ　ものをこそおもへ	昭和63年4月	岡山県岡山市北区法界院6-1
46	法界院歌碑	観音の　しろきひたひに　やうらくの かげうごかして　かぜわたるみゆ	昭和63年4月	岡山県岡山市北区法界院6-1
47	法界院歌碑	わたつみの　そこゆくうをの　ひれにさへ ひびけこのかね　のりのみために	昭和63年4月	岡山県岡山市北区法界院6-1
48	木葉村歌碑	さるの子の　つぶらまなこに　さすすみの ふであやまちそ　土師のともがら	平成8年10月15日	熊本県玉名郡玉東町木葉60　木葉猿窯元
49	早稲田大学坪内博士記念演劇博物館前歌碑	むかしびと　こゑもほがらに　たくうちて とかししおもわ　みえきたるかも	平成10年10月21日	東京都新宿区西早稲田1-6-1
50	高橋家歌碑	かまづかの　したてるまどに　ひぢつきて よをあざけらむ　とごころもなし	不詳	栃木県今市市
51	東寺歌碑	たちいれば　くらきみだうに　軍荼利の しろききばより　ものゝみえくる	平成30年3月27日	京都市南区九条町1番地
52	観心寺歌碑	なまめきて　ひざにたてたる　しろたへの ほとけのひぢは　うつつともなし	令和2年9月23日	大阪府河内長野市寺元475

會津八一略年譜

年号	西暦	年齢	事項	区分
明治一四	一八八一	○	八月一日、新潟市古町通五番町にうまれる。	幼少期
明治二○	一八八七	六	新潟市の尋常科新潟小学校（旧大畑小学校）に入学。	小・中学生時代
明治二四	一八九一	一○	新潟市立高等小学校（現新潟市立新潟小学校）に進学。	
明治二八	一八九五	一四	新潟県尋常中学校（現県立新潟高校）に入学。	
明治三二	一八九九	一八	来遊した尾崎紅葉に面会し俳号「鉠杵」をもらう。坪内逍遙の講演に感動。	
明治三三	一九○○	一九	新潟県尋常中学校を卒業する。上京し正岡子規と面会、良寛を紹介。後日良寛の歌集を贈る。	上京と帰郷
明治三四	一九○一	二○	『東北日報』の俳句選者になる。	
明治三五	一九○二	二一	東京専門学校（現早稲田大学）に入学。翌年、早稲田大学文学科に進学。	早稲田大学時代
明治三九	一九○六	二五	早稲田大学文学科卒業。	
			新潟県中頸城郡板倉村（現上越市板倉区）有恒学舎（現県立有恒高校）の英語教師に就任。	有恒学舎教員時代
明治四○	一九○七	二六	『新潟新聞』の俳句選者となる。	
明治四一	一九○八	二七	新潟県中頸城郡新井町（現妙高市）の旧家で、俳人小林一茶自筆《文化句帖》を発見。初めて奈良地方を旅行し、短歌二○首を詠む。（後に「西遊咏艸」と題する。以後三五回以上奈良へ旅する）	
明治四二	一九○九	二八	『高田新聞』の俳句選者となる。	
明治四三	一九一○	二九	有恒学舎を辞職し、早稲田中学校の英語教師に就任。	早稲田中学校教員時代
大正三	一九一四	三三	東京市小石川区高田豊川町に引っ越す。「學規」四則を定める。	

大正九	一九二〇	三九	日本希臘学会を創立。	早稲田中学校教員時代
大正一一	一九二二	四〇	東京市外落合村下落合、市島謙吉の別荘閑松庵に転居し、秋艸堂と自称する。	
大正一二	一九二三	四二	関東大震災。日本希臘学会を解消し、奈良美術研究会を創立。	
大正一三	一九二四	四三	會津八一監修『室生寺大観』を飛鳥園から刊行。 第一歌集『南京新唱』刊行。	
大正一四	一九二五	四四	早稲田中学校を辞職、早稲田大学付属高等学院教授となり、英語を担当。	早稲田大学教員時代
大正一五・昭和元	一九二六	四五	早稲田大学文学部講師に就任、東洋美術史の講座を担当。	
昭和六	一九三一	五〇	早稲田大学文学部教授に就任。	
昭和八	一九三三	五二	『法隆寺法起寺法輪寺建立年代の研究』を刊行。この年から高橋きい子（義妹）が家事を見る。	
昭和九	一九三四	五三	文学博士になる。早稲田大学恩賜館に東洋美術研究室を開設。	
昭和一〇	一九三五	五四	東京市下落合の通称目白文化村に転居。	
昭和一三	一九三八	五七	早稲田大学文学部に藝術学専攻科を設置し、主任教授に。	
昭和一五	一九四〇	五九	歌集『鹿鳴集』を刊行。	
昭和一六	一九四一	六〇	銀座鳩居堂で近作書画展を開催、図録『渾齋近墨』を刊行。	
昭和一七	一九四二	六一	奈良・新薬師寺に最初の歌碑「ちかづきて」を建立。 随筆集『渾齋随筆』を刊行。	
昭和一八	一九四三	六二	「かすがのに」の歌碑を制作。学徒出陣を控えた学生を奈良・京都の研修旅行に引率。	
昭和一九	一九四四	六三	歌集『山光集』を養徳社より出版。	
昭和二〇	一九四五	六四	早稲田大学教授を辞任する。空襲により被災し、新潟県北蒲原郡中条町（現胎内市）の丹呉康平宅に寄寓。 七月一〇日、養女きい子病没。（享年三三歳）	
昭和二一	一九四六	六五	『夕刊ニヒガタ』創刊にともない夕刊新潟社の社長となり、新潟市南浜通二番町に転居。	

区分	和暦	西暦	年齢	事項
疎開と晩年	昭和二二	一九四七	六六	歌集『寒燈集』と書画図録『遊神帖』を刊行。
疎開と晩年	昭和二四	一九四九	六八	従兄弟中山後郎の娘蘭を養女とする。
疎開と晩年	昭和二五	一九五〇	六九	新潟日報社の社賓に。（『夕刊ニイガタ』が新潟日報社に合併） 新潟県立図書館に「みやこべを」の歌碑建立。 奈良・東大寺に「おほらかに」、唐招提寺に「おほてらの」の歌碑を建立。
疎開と晩年	昭和二六	一九五一	七〇	新潟市名誉市民になる。 『會津八一全歌集』を刊行、これにより読売文学賞を受ける。
疎開と晩年	昭和二八	一九五三	七二	宮中歌会始の儀に召人として臨席する。 『自註鹿鳴集』を刊行。
疎開と晩年	昭和二九	一九五四	七三	早稲田大学會津博士記念東洋美術陳列室を移転し再開。
疎開と晩年	昭和三〇	一九五五	七四	香川県五剣山八栗寺の鐘銘の原稿を揮毫する。北方文化博物館新潟分館に「かすみたつ」の歌碑を建立。
疎開と晩年	昭和三一	一九五六	七五	一一月二一日、冠状動脈硬化症により永眠。戒名は生前に自撰した「渾齋秋艸道人」、墓は新潟市中央区西堀通三番町の瑞光寺にある。
没後	昭和五〇	一九七五	没後一九年	四月一日、新潟市西船見町字浜浦（現中央区西船見町）に市民、財界からの浄財をもとにして「會津八一記念館」が開館。
没後	平成一〇	一九九八	没後四二年	六月一日、新潟市へ移管され、八月一日に「新潟市會津八一記念館」が開館。
没後	平成二六	二〇一四	没後五八年	八月一日、「新潟市會津八一記念館」は新潟市中央区万代の新潟日報メディアシップ五階に移転する。
没後	令和七	二〇二五	没後六九年	會津八一記念館開館五〇年を迎える

※年齢は満年齢とした

※年譜の内容は『會津八一全集』第十二巻にある會津八一年譜（昭和五七年中央公論社刊）を底本に、当時掲載された新聞記事も参考とした

おわりに

私が會津八一の名を知ったのは、大学一年生の時である。友人が大学の講義で課せられた展覧会の見学に私も同行して、初めて新潟市西船見町の會津八一記念館を訪れた。展覧会は「會津八一・生活の書」で所蔵品を中心に展示していた。八一については全く知らなかった。だが、扁額の《學規》は文字が読みやすく、とくに一カ条目の「ふかくこの生を愛すべし」は、自分自身のかけがえのない命を愛し、自らの人生を肯定することの大切さと受け止めて感動した。

この時の《學規》の印象が強烈に残っていたこともあり、三年後、卒業論文を「會津八一の書美」をテーマに設定した。以来、會津記念館には頻繁に通い、じっくりと八一の書と向き合った。すべての作品解説パネルをノートに書き写すこと毎回約二時間。夢中になって鑑賞して記した。そして、ますます八一のことが知りたくなった。

次第に八一に関する書籍を求めるようになる。だが、当時は学生の身分で購入資金がなく、担当教授からたくさんの文献資料を拝借した。なかでも料治熊太著『會津八一の墨戯』は、全ページをコピーして冊子に仕立て、必読書として愛読した。今では紙がヤケてしまった冊子と先の作品解説を写したノートは、私の研究の原点として大切に保存している。

大学卒業後、縁あって會津八一記念館の学芸員として就職する。八一の場合は専門分野が幅広いため、展示を企画するごとに該当する分野の調査・研究が欠かせない。最初のうちは、八一の言葉が禅問答のようで非常に難しかった。だが、日々、八一の墨蹟や資料と向き合っていくと、曲がりなりにも八一の思考に共感するようになった。

會津八一記念館は、今年（二〇二五年）で開館五〇周年を迎える。これまでに二〇〇回近い展覧会を開催してきた。八一をテーマに連綿と五〇年間もよくぞ運営し続けてきたと思う。ある先輩は「八一は富士山のようだ」と評した。富士山が何処から見ても、超然とした姿で見る者を魅了するように、八一も様々な視点から焦点を当てても、魅力ある人物に映ると評価していたのだろう。

八一には《獨往》と揮毫した書がある。文字通り、八一は「我が道を行く」人生だった。既成概念にとらわれない自由な発想で、独自に学芸の世界を開拓した。今後も、八一の生涯や作品に光を当てながら、新たな発見を追い求め精進していきたい。

本書の刊行にあたっては、會津八一記念館のスタッフをはじめ、先達の方々からご助言をいただいた。また新潟日報メディアネットの佐藤大輔氏、田邉さやか氏のご尽力に感謝申し上げたい。

二〇二五年三月一日

新潟市會津八一記念館主査学芸員　喜嶋　奈津代

喜嶋　奈津代（きしま・なつよ）

一九七五年、新潟市江南区に生まれる。

新潟大学教育学部特別教科（書道）教員養成課程を卒業後、一九九八年より、新潟市會津八一記念館学芸員として勤務。専門は書道史。

二〇〇一年、早稲田大学會津八一記念博物館との所蔵品交換特別展「會津八一生誕一二〇年記念展」をはじめ、〇三年、特別展「會津八一と棟方志功」、一〇年、日本経済新聞社との共催「平城遷都一三〇〇年　奈良の古寺と仏像─會津八一のうたにのせて─」など毎年開催する特別展や企画展を担当する。

〈主な著書〉
共著『會津八一の絵手紙』（二玄社、二〇〇三年）
『會津八一悠久の五十首』（新潟日報事業社、二〇〇六年）
『秋艸道人會津八一　美の彷徨』（新潟日報事業社、二〇一二年）
論文「會津八一の良寛観～破格の書にみる美意識～」（『民族藝術vol29』、二〇一三年）
「會津八一の書と刻字─歌碑を中心に─」（『民族藝術vol34』、二〇一八年）
「良寛の飴屋の看板」（『奈良美術研究』第二十一号、二〇二〇年）
「會津八一の書と良寛」（『奈良美術研究』第二十三号、二〇二二年）
「良寛の書の独自性」（『奈良美術研究』第二十四号、二〇二三年）
「會津八一　書の原点」（『奈良美術研究』第二十六号、二〇二五年）

新潟県人物小伝　會《あい》津《づ》八《や》一《いち》

令和7(2025)年4月6日　初版第1刷発行

著　者　喜嶋　奈津代
発行者　中川　史隆
発行所　新潟日報メディアネット
【出版グループ】〒950-1125 新潟市西区流通3丁目1番1号
TEL 025-383-8020　FAX 025-383-8028
https://www.niigata-mn.co.jp

落丁・乱丁本は送料小社負担にてお取り替えします。

定価は表紙に表示してあります。


ISBN978-4-86132-877-0